STATT 1001 NACHT TAUSENDUNDEIN TAG

Weg in die Freiheit

Nurgül Sönmez

Bibliografische Information der Deutschen Nationalbibliothek: Die Deutsche Nationalbibliothek verzeichnet diese Publikation in der Deutschen Nationalbibliografie; detaillierte bibliografische Daten sind im Internet über http://dnb.dnb.de abrufbar.

Lektorat: Nurgül Sönmez
Korrektorat: Luther v. Georg
Weitere Mitwirkende: Gamze Taşdemir

Verlag: BoD · Books on Demand GmbH, Überseering 33, 22297 Hamburg, bod@bod.de
Druck: Libri Plureos GmbH, Friedensallee 273, 22763 Hamburg

ISBN: 978-3-7693-0213-4

Impressum

STATT 1001 NACHT - TAUSENDUNDEIN TAG

Übersetzt aus dem Original türkischen, erschienen 2021 ©

Nurgül Sönmez

Übersetzerin / Lektorin: Nurgül Sönmez
Korrekturlesen: Corinna Feldmann
Korrekturlesen: Luther v. Georg
Cover-Designerin: Gamze Taşdemir
Illustratorin-Buchsatz: Gamze Taşdemir

Autorin:
✉ ns.nurgulsonmez@gmail.com
🔵 nurgulsonmez
🟠 nurgulsonmezofficial

Team:
g.tsdmrr@gmail.com

nurgulsonmezofficial

nurgulsonmez

Für alle Buchliebhaber ...

Nurgül Sönmez

21.08.1979
Deutschland

In den Jahren zwischen 1995 - 2020 wurde sie oft ausgezeichnet.

Bereits im Jahr 1995, begann sie zu schreiben und verfasste unzählige

Gedichte, Songtexte und Romane.

Geschrieben nach wahren Begebenheiten. Die Rechte an über 50

Romanen und über 2500 Songtexten wurden von verschiedenen

Verlagen und berühmten Komponisten übernommen.

Nun steht sie nicht mehr hinter den Kulissen,

sondern mit ihren Werken mitten auf dem Podest.

Nurgül Sönmez
– Schriftstellerin –

WERKE DER AUTORIN

- **2014** erschien ihr erstes Buch Namens ANA (Poesi) (Türkisch)
- **2015** YASEMİN'İN SAVAŞI (Türkisch)
- **2017** YASEMİN'İN İNTİKAMI (Türkisch)

2021

- Matilda (Türkisch, Deutsch)
- 1001 GECE YERİNE – BİN BİR GÜN (Türkisch)
- STATT 1001 NACHT - TAUSENDUNDEIN TAG (Deutsch)
- YASEMİN'İN ÇARESİZLİĞİ 1 (Türkisch)
- YASEMİN'İN SAVAŞI 2 (Türkisch)
- YASEMİN'İN İNTİKAMI 3 (Türkisch)

2022

- Matilda (Englisch)
- YASEMINS VERZWEIFLUNG 1 (Deutsch)
- MAAROUF (Türkisch, Deutsch)
- INSTEAD OF 1001 NIGHT - THOUSAND AND ONE DAY (Englisch)
- YASEMINS KAMPF 2 (Deutsch)

2023

- YASEMINS RACHE 3 (Deutsch)

2024

- MAAROUF (Englisch)
- YASEMIN'S DESPERATION 1 (Englisch)
- YASEMIN'S STRUGGLE 2 (Englisch)
- YASEMIN'S REVENGE 3 (Englisch)

Alle Bücher wurden ins Französische übersetzt und sind für die kommenden Buchprojekte geplant. Danach folgen Übersetzungen ins Arabische und Spanisch. Bei Interesse und Nachfrage auch in weiteren Sprachen.

Ihre Werke © basieren auf wahren Begebenheiten und unterstützen weiterhin soziale Projekte mit dem Erlös der Bücher.

Sehr bald auch als Hörbücher erhältlich!

Nurgül Sönmez
– Schriftstellerin –

Tausende Stimmen können die Hoffnung
für Eine Stimme sein

Eine junge Mutter versucht,
dem Krieg mit Mühe zu entkommen.
Sie würde ihr Leben aufgeben, um ihre Kinder zu
schützen, da sie ihre Familie vor ihren Augen verliert.
Während sie denkt, dass sie sich zu allem bereit fühlt, wird
ihr Schmerz noch größer.

Wird Liya diesen Schwierigkeiten noch standhalten können?
Wird sie in der Lage sein, diejenigen zur Rechenschaft zu
ziehen, die den Tod ihrer Familie verursacht haben?

Wird sie das einzige das Ihr etwas bedeutet, ihre Kinder,
schützen können?

Geschrieben nach einer wahren Begebenheit!
Die traumatische Geschichte einer Mutter,
die nie ein Kind sein durfte.

"Geschrieben nach einer wahren Begebenheit"

statt 1001 nacht – tausendundein tag

Mein Name ist Liya!

Liya bedeutet Geduld, **die beste Geduld,** die schönste Geduld, **die geduldigste aller Geduldigen.** Ich frage mich, ob ich nach allem, was passiert ist, die Bedeutung meines Namens erfülle?

Ich wurde am 10. März 1997 in Aleppo geboren. **In meiner Kindheit hörte ich die Paradiesvögel, wenn ich mit meinen Freunden aus der Nachbarschaft gebastelte Papiervögel herumfliegen ließ.** Aber ich hörte sie nur, wenn ich zum Supermarkt lief, spielte oder um die Ecke gejagt wurde. Und plötzlich waren meine Paradiesvögel verschwunden. Der Gedanke, dass sie weggezogen waren, verfolgte mich. *Würden die Zugvögel wiederkommen?* Würden meine Paradiesvögel zurückkehren?

Nein! Sie kamen nie zurück. Seit jenem Tag habe ich sie viele Male gerufen, auf der Straße, in den Stadtvierteln, zwischen den Gassen, überall, wo ich sie vorher fliegen gesehen hatte, aber kein Laut kam zurück. **Meine Paradiesvögel waren weggeflogen, weggeflogen, um andere Kinder glücklich zu machen.** Um nie mehr zurückzukehren...

statt 1001 nacht – tausendundein tag

KAPITEL 1

Mein Vater hatte drei Frauen. Mit meiner **Mama Samira** und seiner **zweiten Frau Zahra** lebte er im Selben Haus. Seine **dritte Frau, Afafet**, lebte in einem eigenen Haus und wollte nicht mit uns in einem Haus leben und eine Familie sein. Mein Vater war mit seiner ersten Frau, meiner Mama, standesamtlich verheiratet. Mutter Zahra und Mutter Afafet waren seine religiös verheirateten Frauen. Ich war das einzige Kind meiner Mama, und obwohl ich keine Geschwister hatte, hatte ich viele Halbgeschwister. **Zwei Jahre nach meiner Geburt mussten meiner Mama Samira wegen einer schweren Krankheit die Eierstöcke entfernt werden.** Natürlich wartete mein Vater keine zwei Jahre und heiratete Mutter Zahra. Von Mutter Zahra bekam ich vier Geschwister, drei Jungen und ein Mädchen. Nachdem Mutter Zahra meinen zweiten Bruder geboren hatte, heiratete mein Vater Mutter Afafet. Die jüngste Frau, Mutter Afafet, war zum Zeitpunkt der Heirat sechzehn Jahre alt. Mein Vater wäre damals ungefähr einundsechzig Jahre alt gewesen. Von Mutter Afafet habe ich fünf Geschwister bekommen, vier Mädchen und einen Jungen. **Insgesamt sind wir also mit mir zehn Geschwister, vier Jungen und sechs Mädchen.**

In den ersten drei Schuljahren habe ich lesen und schreiben gelernt. Nach der dritten Klasse hat mein Vater, der das von Anfang an nicht wollte, Ausreden gefunden und mich nicht mehr zur Schule geschickt. Wäre die Grundschule nicht Pflicht gewesen, hätte ich nicht lesen und schreiben können.

Obwohl die Grundschule für Kinder bis zur dritten Klasse verpflichtend ist, wurde ich von der Schule genommen, bevor ich die drei Jahre beendet hatte. Angeblich wurde ich mit der Begründung, ich sei im heiratsfähigen Alter, solle mich mehr auf die Hausarbeit konzentrieren und was ich in der Schule lernen könne, von Schule und Ausbildung abgehalten. Dies war das erste Mal, dass ich meiner Haut beraubt wurde.

Alle waren sehr vorsichtig in der Gegenwart meines Vaters. Denn selbst bei den kleinsten Dingen hat mein Vater uns alle Gewalt angetan, und was für eine Gewalt. Er sagte zum Beispiel: "Warum hast du das Wasserglas nicht dahin gestellt, wo ich es haben wollte", und er tat alles, vom Wasserglas werfen bis kochendes Wasser über uns gießen. Er fing an, uns mit allem zu schlagen, was er gerade in die Hände bekam, mit einem Stock, mit Holz, mit einer Peitsche, mit einem Gürtel, mit einem Besen, mit einem Reifen, mit allem, was man sich vorstellen konnte. Wenn er einmal damit angefangen hatte, konnte ihm niemand mehr etwas wegnehmen. Das war mein Vater!

Ich bin Muslim.
Wir gehören der sunnitischen Glaubensrichtung an.

Aufgrund unserer Lebensweise in Syrien ist unser Haushalt sehr privat. Er ist so organisiert, dass niemand außerhalb der Familie das Innere des Grundstückes sehen kann.

Wenn nötig, wird eine Mauer zusätzlich gebaut, aber sie bleibt geschlossen und Privat. So ist es auch in unserer Nachbarschaft. Die Privatsphäre wird respektiert. So war es auch bei uns zu Hause. Am Anfang der Straße, wo die Einfahrt noch nicht gebaut war, war es aus Staub und Erde, es war keine asphaltierte Einbahnstraße. Aber wir gehörten zu den wohlhabenden Familien und wussten, dass es den Beamten in unserem Land im Vergleich zu anderen Schichten gut ging. **Auch mein Vater war Beamter, Standesbeamter.** Frauen hingegen arbeiteten nicht, oder besser gesagt, das war in unserer Familie so. Oder vielleicht, weil ich kaum das Haus verlassen habe, weiß ich nicht viel über das Leben außerhalb. Ich kann also nichts darüber sagen.

Meine Mama Samira und meine Mutter Zahra hatten sich gegenseitig akzeptiert und einander angepasst. Wir hatten unsere eigene Ordnung und lebten ohne viel Hilfe von außen. Wir hatten ein dreistöckiges Haus. Mutter Zahra und ihre Kinder lebten im dritten Stock. Im zweiten Stock waren meine Mama Samira und ich, und im ersten Stock waren die Küche, die Waschbäder, WC und das Wohnzimmer. Von der ersten Etage aus konnten wir direkt auf den Hof gehen. Meistens saßen wir draußen und kochten unser Essen über dem Feuer. **Wir verbrachten unser Leben auf dem Hof, weit weg vom Leben draußen.** Wir wuschen unser Geschirr und unsere Wäsche draußen mit kochendem Wasser. Unseren Tee kochten wir vor der Tür und tranken ihn gemeinsam.

Da wir in einer heißen Gegend lebten, kannten wir keinen Regen und Kälte nur in bestimmten winterlichen Monaten. Deshalb hielten wir uns immer draußen auf. **Wir hatten drei große überdachte Sitzecken, in denen wir zugedeckt auf dem Boden saßen. Es war aber keine gewöhnliche Sitzecke, sondern eine gehobene.** Umgeben von Tüllschleifen und durchsichtigen Stoffschleifen. Sitzkissen, Rückenkissen bis hin zum Kopfkissen und verschiedene andere Kissen, alles aus ein und demselben Stoff. In der Mitte wurde das Essen serviert. Etwa 30-35 Erwachsene konnten bequem sitzen, manchmal, wenn wir zusammenrückten, bis zu 50 Erwachsene. Für die Kinder gab es einen anderen Platz und für die Frauen. Wenn wir unter uns waren, saßen wir gemischt. **Es hatte etwas Orientalisches.** Wir hatten sozusagen ein großes Grundstück. Es war kein gewöhnlicher Hof. Dort habe ich meine besten Jahre verbracht. **Ich habe meine besten Jahre hinter Mauern verbracht, die größer waren als ich.** Ich wünschte, ich könnte zu diesen Jahren zurückkehren.

Wenn du das liebst, was du hast,
dann hast du alles, was du brauchst.

KAPITEL 2

Ich war das erste Kind, das verheiratet wurde. Mit elf Jahren wurde ich mit einem weißbärtigen Großvater verheiratet. Sie kamen aus einer Stadt, die zwei oder drei Bezirke von uns entfernt war, um nach mir zu fragen. Meine Hochzeit wurde nach altem Brauch gefeiert, mir wurde ein Schleier über den Kopf gelegt und ich wurde von zu Hause und meiner Familie weggerissen. Ich wurde die vierte Frau des weißbärtigen Großvaters, mit dem ich verheiratet war. Während seine standesamtlich und religiös verheirateten Frauen mich schlecht behandeln sollten, weil sie dachten, dass jeder, der kommt, auch wieder geht, behandelten sie mich wegen meines jungen Alters mit mütterlichen Gefühlen. **Schon bald nahmen sie mich in ihre Mitte auf und begannen, mich als ihr Kind zu betrachten.** Ich war ein Kind, aber ich wurde dazu verpflichtet: Für seine Frauen war ich ein Kind, für den Großvater, mit dem ich verheiratet wurde, war ich seine Frau in einer religiösen Ehe.

Alle, die diesen Unterschied sehen, **bitte schweigen Sie nicht zu diesem Thema!** Bitte seien Sie die Stimme der stillen Schreie. Bitte beenden Sie diese Ungerechtigkeit, diese Ignoranz, diesen Kindesmissbrauch und verschließen Sie nicht die Augen vor dieser unglaublichen Skrupellosigkeit. **Die erste Priorität unserer Mädchen, die das Leben gerade erst kennen lernen, sollte nicht die Ehe sein, sondern Lesen und Bildung.** Denn nur mit Bildung kann man eine Ehe auf Augenhöhe führen.

Als ich noch ein Kind war, im Jahr 2009, habe ich einen Sohn bekommen. Sein Name ist Ali Alhussain. **Da die Frau als diejenige betrachtet wird, die konsumiert, und der Mann als derjenige, der sich fortpflanzt, wird die Geburt eines Mannes als die Geburt einer fruchtbaren Frau betrachtet.** Die meisten von uns konnten diese Irrationalität nicht akzeptieren. Auch wenn wir der Meinung waren, dass die Frau bei der Fortpflanzung Vorrang hat, weil sie diejenige ist, die Kinder zur Welt bringt, konnten wir das nicht sagen, weil wir Angst hatten. Man dachte, wir seien gegen die Männer. Was ich nicht verstehen konnte, war, warum nur Männer verherrlicht werden sollten, wenn es doch die Mutter ist, die gebärt? In diesem Fall sollte man anerkennen, dass beide für die nächste Generation notwendig sind.

Noch bevor mein Kind geboren wurde, begannen in meinem Land schreckliche Dinge zu geschehen. **Die Menschen gingen auf die Straße, sie begannen, sich gegenseitig anzugreifen, das Geräusch von Schüssen kam von Tag zu Tag näher.** Unruhe und Angst erfüllten die Häuser, die Menschen warteten ängstlich auf das, was kommen würde. **Die Angriffe, die zwischen Staat und Volk begonnen hatten, waren zu religiösen, sprachlichen und rassischen Diskriminierungen geworden.** Menschen wurden getötet, weil sie Sunniten, Schiiten oder anderen Glaubensrichtungen angehörten. Der Gebetsruf wurde unterdrückt und wir wurden durch Durchsagen über die Zeiten und Entwicklungen informiert.

Wir füllten unsere Stofftaschen mit so vielen Habseligkeiten wie möglich und begannen zu warten, um für den Notfall gewappnet zu sein. **Nachdem sich der Großvater der Menschenmenge auf der Straße angeschlossen hatte, kam er nicht mehr zurück.** Ich dachte jede Minute *an meine Familie. An Mama Samira, Mutter Zahra und meine Geschwister.*

Eine Gruppe von Soldaten begann, die Straßen zu bevölkern, ihre Panzer waren an jeder Ecke zu sehen. Sie begannen, jeden zu verfolgen und zu foltern, ob schuldig oder unschuldig, wie es ihnen befohlen wurde. Es wurde am helllichten Tag geschossen. **Sie schossen nicht in die Luft, um die Menschen zu trennen, sondern gezielt auf sie.** Sie wurden nicht getrennt, sondern brachen an der Stelle zusammen, an der sie von der Kugel getroffen wurden. Und nicht nur das: Die Soldaten begannen Tag für Tag, die Häuser zu stürmen.

Eine der Frauen sagte: "Du bist diejenige von uns, die dem Haus deines Vaters am nächsten ist. Wir müssen dich heil nach Hause bringen.

Wenn dein Mann im Krieg stirbt, heiratest du nach unserem Brauch seinen Bruder. Wenn dessen Bruder stirbt, heiratet man einen Verwandten. Dieser Kreislauf setzt sich fort, bis du dich aus dieser Unwissenheit befreit hast. **Nur ist das nicht mit einer normalen Ehe zu vergleichen. Es ist überhaupt nicht vergleichbar. Sie diente nur dem Schutz während des Krieges.** Da man als Witwe zurückblieb, diente der Rest der Familie als dein Schutz, und dieser Schutz wurde so umgesetzt. Normale Eheverhältnisse gab es darin nicht.

In der Annahme, dass die Soldaten morgen unser Haus stürmen würden, wollten sie wenigstens mich retten. Da wir nicht von einem Mann geführt wurden, wer weiß, *welche Qualen sie uns antun würden*. Wir zogen unsere Laken an, nahmen die Stofftaschen, die wir vorbereitet hatten, und machten uns auf den Weg. **Wir gingen durch die Gassen, wichen hier und da aus, aber unterwegs sahen wir, dass die Türen der Häuser und Gebäude weit offenstanden.** Aus allen Richtungen wurde geschossen. Niemand würde in diesen Vierteln seine Außentüren offenlassen. Umso mehr erschreckte uns dieser Anblick.

Es flogen mehr Kriegsflugzeuge und Kampfjets über uns hinweg, als ich je zuvor in meinem Leben gesehen hatte. **Mir fiel auf, dass auf den Panzern Fahnen in verschiedenen Farben und Motiven wehten, von denen ich wusste, dass sie nicht aus Syrien stammten.** Später erfuhr ich, dass diese Soldaten, die mit ihren Pistolen, Kalaschnikows oder Gewehren warteten, deutsche Rüstungsgüter und amerikanische Soldaten waren.

Was haben die in Syrien gemacht? Was wollten sie von unserem Volk? Oder hat uns unsere Regierung nicht genau gesagt, was los war? Warum trugen all diese Soldaten Waffen mit deutschen und amerikanischen Flaggen? Wann kamen sie, als wir als Volk das Problem nicht in uns selbst lösen konnten und erkannten, als wir uns kaum in unsere Häuser werfen konnten, wann kamen sie? All diese und ähnliche Fragen gingen mir durch den Kopf. **Als wir erkannten, dass die Situation in unserem Land schrecklicher war, als wir es uns vorgestellt hatten, gingen wir weiter, ohne den Kopf zu heben.** Nach all dem, was wir gesehen hatten, konnte ich mir nichts mehr vorstellen und konnte ich nur noch beten: "Gott, bewahre mich bei Verstand."

Auf den Straßen brennende Autos, ausgeraubte und geplünderte Geschäfte, fliehende Menschen... **Die Menschen, die wussten, dass sie sich nicht wehren konnten, verließen ihre Häuser.** Die Transportmittel waren zerstört. Ich wollte so schnell wie möglich zu meiner Familie, aber wir mussten so weit gehen, wie wir gekommen waren, vielleicht sogar noch weiter.

Wir wurden ohnehin nicht oft in der Öffentlichkeit gesehen, aber das syrische Volk, das ich als Ganzes in Erinnerung hatte, war völlig zersplittert. **Neben anderssprachigen Soldaten hatten Hunderte von syrischen Soldaten, die wie tollwütige Hunde über ihr eigenes Land herfielen, unserem Volk den Krieg erklärt.** Weniger als ein Viertel unserer Soldaten versuchte, sein Volk zu verteidigen. Schüsse waren von allen Seiten zu hören. Wir versuchten, uns leise vom Ufer aus zu nähern, und ich hatte mein drei bis vier Monate altes Baby dabei. Ständig wurden wir von Soldaten angehalten und verhört. Wir liefen einen halben Tag weiter, weil wir Angst hatten, dass sie uns etwas antun würden. Schließlich erreichten wir das Haus unseres Vaters. Auf das Wiedersehen war ich sehr Dankbar!

Werde nie so wie die,
die dich verletzt haben.

KAPITEL 3

Unsere Außentür war aus Eisen. So sehr ich auch versuchte, sie von außen zu öffnen, sie ging nicht auf. Ich begann zu hämmern und zu schreien, aber niemand hörte mich. Als ich merkte, dass es so nicht funktionieren würde, fand ich einen anderen Eingang, und zusammen mit der Frau und ihren beiden Söhnen schafften wir es hinein. **"Liya"**, eine zitternde, aber angenehme Stimme, die ich gleichzeitig hören wollte, kam aus der Ferne. Ich erinnere mich, dass von dort, wo sie waren, als Antwort auf die Stimme, die "Liya" rief, mein Schrei **"Mama"** die Erde erschütterte. **Sie rannte auf mich zu, ich sehe es noch vor mir.** So sehr sie auch versuchten, uns zu trennen, es gelang ihnen nicht. Wir waren uns so nah, dass uns niemand trennen konnte. Sie brachten uns sofort ins Haus und ketteten die Türen wieder an.

Ich hatte unser Haus von außen noch nie so kalt gesehen. Selbst die hölzernen Fensterläden waren von außen geschlossen und von innen verriegelt. **Ohne das Licht, das von den Jalousien reflektiert wurde, war es im Haus stockfinster.** Ich umarmte meine Mama Samira, meine Mutter Zahra und meine Geschwister, als ich sie nacheinander bemerkte. Mutter Afafet war nirgends zu sehen. Ich fragte nach meinem Vater: "Er ist vor zehn, fünfzehn Tagen weggegangen. Er ist nicht zurückgekommen. Wir wissen es nicht", sagten sie. Wie ich schon sagte, das Leben hier wurde schwieriger, als es noch keinen Mann gab. Wenn du bliebst, wüsstest du nicht, was aus dir wird. Wenn du versuchst auszuwandern, würden sie es dir auch nicht erlauben. **Die wirklichen Schwierigkeiten für die Frauen begannen jetzt, wir waren mitten im Krieg.**

Wenn man unser Haus von außen betrachtete, sah es aus, als wäre es verlassen. Aber die Tatsache, dass alles verschlossen war, war zu auffällig. Da die Kette der Türverriegelung nicht herausgezogen war, ging ich davon aus, dass sie zu Hause waren. **Ich fragte mich, *ob ein Fremder sie sofort erkennen würde.*** Solche Gedanken gingen uns allen durch den Kopf. Nach einer kurzen Phase der Aufregung packte uns alle die Angst. Unsere Verbindung zur Außenwelt war völlig unterbrochen, wir hatten keine Ahnung, was los war. **Da der Strom ausgefallen war, konnten wir die aktuelle Situation nicht im Fernsehen verfolgen.** Aus den Moscheen kamen Durchsagen. Sie sagten, dass der Bürgerkrieg ausgebrochen sei und wir zu unserer Sicherheit die Region verlassen müssten. Durch die kaum verständlichen Lautsprecherdurchsagen wurden wir über die Situation in der Region informiert.

Jedes Mal, wenn ein Schuss fiel, gerade als wir dachten, wir hätten uns daran gewöhnt, keine Angst mehr zu haben, wurde das Geräusch von Bomben immer lauter. Die Schreie, die aus der Nähe kamen, schufen eine so schreckliche Atmosphäre, dass wir unsere eigene Stille nicht mehr wahrnahmen. Wir zitterten wie bei einem Erdbeben. Wir mussten ganz genau hinhören, um zu verstehen, was da draußen vor sich ging. Uns wurde klar, dass wir hier nicht bleiben konnten. Aber wir fingen an, darüber nachzudenken, *wie wir hier wegkommen könnten.* Zu Hause begannen die Gespräche über die Auswanderung.

Mein Onkel wohnte ein paar Häuser weiter. Das war ein sehr seltener Fall. Die Braut wohnte nicht in der Nähe ihrer Verwandten, sondern normalerweise auf der Seite, wo ihr Mann wohnte. **Die Situation ergab sich daraus, dass mein Onkel auch Beamter war.** Als mein Onkel noch Gemeindebeamter war, war mein Vater schon pensioniert. Er wurde nur in wichtigen Situationen gerufen. Mein Onkel hatte Söhne, die älter waren als wir. Mama Samira sprang von ihrem Platz auf und sagte: "Lasst uns alle versuchen, euren Onkel zu erreichen. Ich habe Neffen, die uns beschützen. Einige sind sogar Soldaten. Wir nehmen sie mit und gehen gemeinsam." Sie rief die Familie zusammen und wiederholte ihre Worte. Meine Mutter Zahra fragte meine Mama Samira immer nach allem. Selbst wenn sie etwas für ihre Kinder tun wollte, fragte sie Samira nach ihrer Meinung. Auch wenn sie versuchte, die Meinung aller einzuholen, wenn etwas getan werden musste, traf Mama Samira die letzte Entscheidung im Haus.

Manchmal ist schweigen die beste Antwort.
Es kann niemals falsch zitiert werden.

statt 1001 nacht – tausendundundein tag

KAPITEL 4

Auf Drängen meiner Mama sammelten wir uns und machten uns auf den Weg zum Haus meines Onkels. Wir kontrollierten ständig unsere Umgebung und uns gegenseitig und bewegten uns dementsprechend. Wir achteten darauf, keinen Laut von uns zu geben, wir waren immer auf der Hut.

Als wir an der Tür meines Onkels ankamen, sahen wir, dass sich die ganze Familie auf dem leeren Platz um das Haus versammelt hatte. Wir gingen schnell und leise an ihnen vorbei. Obwohl die Außenmauern des Hauses doppelt so hoch waren wie wir, hatten wir keine Zeit, uns zu umarmen. Die Umgebung war voller Rauch und Brandgeruch. Die Gefahr war nicht mehr weit. Sie war direkt vor unseren Augen. Als sie sich näherten, stiegen die Schreie zum Himmel empor. In Panik und Verzweiflung versuchten die Menschen zu fliehen. **Die Menschen waren nicht in der Lage, auf die Angriffe zu reagieren, und leider überlebten die meisten von ihnen nicht.** Wir warteten, bis sich meine Onkel erholt hatten, und beschlossen dann, gemeinsam zu gehen.

Wir standen in der Schlange für die Migration. Als ich mit meinem Baby auf dem Arm und einer Windeltasche der Schlange folgte, hielten uns die Soldaten an. **Als sie fragten, ob das Kind zu mir gehöre, sagte meine Mama sofort: "Nein, das sind meine beiden Kinder. Meine Tochter trägt ihren Bruder.** Als wir das Zeichen zum Weitergehen sahen, gingen wir weiter, und sie schlugen die von hinten Kommenden, trennten sie und nahmen sie aus der Reihe.

Vor allem die Jungen. Die Schreie der Kinder, die ihren Müttern entrissen wurden, ließen unsere Herzen erzittern. Alte Männer, junge Männer, Frauen und Kinder wurden erbarmungslos niedergemetzelt. Da wir unsere Stimme nicht erheben konnten, auch wenn wir es wollten, gingen wir weiter. Wie sehr wir auch dachten, wir könnten bleiben, wir wussten, dass wir gehen mussten. Wie viele Menschen waren in dieser endlosen Reihe, der wir folgten, verletzt worden?

Die Atmosphäre war keinen Augenblick ruhig. **Die Bomben hörten nicht auf zu fallen und der Lärm der explodierenden Gewehre hallte in unseren Ohren wider.** Die immer lauter werdenden Schreie waren ein Zeichen dafür, dass die Stille nicht zu halten war. **Das Wehklagen der Mütter ließ den Ort in Staub und Rauch aufgehen.** Ich hatte große Angst, und als mein Onkel und seine Söhne nach einem Ort suchten, wo wir hingehen konnten, gerieten sie in die Schlange der Wartenden. Als sie umkehrten, rief mein Onkel: "Jordanien! "Wir gehen nach Jordanien. Dort gibt es Flüchtlingslager. Wir suchen dort Schutz und kommen zurück, wenn der Krieg vorbei ist."

Wir erreichen die Hauptstraße, die Straßen sind jetzt asphaltiert. Sie setzten alle in kleine Fahrzeuge und brachten sie aus der Stadt. Es war das erste Mal, dass ich so weit von der Stadt entfernt war, in der ich geboren und aufgewachsen war. **Sie hatten mir meine Heimat genommen, meine Kindheit, mein Leben.** Die Straßen waren voller Leichen.

Bevor wir die Stadt verließen, sagten sie uns, wir sollten dort warten, wo sie uns abgesetzt hatten. Ein Lastwagen würde uns abholen und in das jordanische Lager bringen. **Während wir warteten, wurde es dunkel, und in der Dunkelheit war der Krieg noch schrecklicher.** Wir stellten uns ein buntes Feuerwerk vor, aber die Geräusche waren von Bomben. Es gab noch eine große Explosion. Häuser stürzten ein, die Zahl der Toten stieg, die Erde bebte.

Warum verfolgten diese Leute unser Volk? Was hatten sie gegen uns?

Während wir voller Angst warteten, sahen wir einen Lastwagen kommen. Nachdem er uns aufgenommen hatte, fuhr er ohne anzuhalten weiter. Obwohl der Lastwagen mehrmals von Soldaten angehalten wurde, schaute niemand hinein. Die meisten Flüchtlinge hatten keine Papiere. Ich weiß nicht einmal, ob ich einen hatte. Jedes Mal, wenn wir angehalten wurden, haben wir vor Angst gezittert. Wir konnten diese Verfolgung nicht verstehen, wir konnten diese Folter nicht akzeptieren. Wir konnten keinen Augenblick vergessen, dass unser Leben in Gefahr war.

Nach einer langen Reise kamen wir im jordanischen Flüchtlingslager an. Es gab mehr Zelte, als ich auf einer ebenen Fläche zählen konnte. Wir mussten als Familie in das uns zugewiesene Zelt passen. Ich lebte hier mit der Hoffnung, in unsere Heimat zurückkehren zu können, und betete ständig. Das Leben im Lager war kein Leben. Ich hatte keine besonders gute Situation erwartet, aber wir waren in einer Situation, in der wir dankbar sein mussten, dass wir wie Menschen dritter Klasse behandelt wurden. **Wir konnten nur trinken, wenn die Wohltäter Wasser brachten, und wenn sie Essen brachten, konnten wir unsere Mägen ein wenig füllen.** Wenn sie nicht kamen, hungerten wir und mussten das Wasser aus dem Abwaschwasser trinken.

Wir waren lange in diesem Lager, vielleicht Monate! **Der Krieg war endlos.** *Wir erkannten den Hunger nicht an den Geräuschen, die aus unseren Mägen kamen,* wie wir dachten. Wenn ein Mensch die Hungerschreie seines Kindes sieht und die Tränen, die ihm über die Wangen laufen, wird einem klarer, dass er den Hunger geschmeckt hat.

Das Lager, in dem wir waren, war nicht mehr so sicher wie früher. **Ständig gingen Soldaten ein und aus, sie behandelten uns wie Gefangene, nicht wie Flüchtlinge.** Sie fingen an, Flüchtlinge zu foltern und sogar zu töten. Von Tag zu Tag wurden die Flüchtlinge im Lager weniger. Jedes Mal, wenn die Soldaten mit Lastwagen kamen, verschwanden die Menschen. **Ein Flüchtling hatte gesehen, dass die Soldaten, wenn sie kamen, die Menschen mit Lastwagen abtransportierten.** Er riet uns, vorsichtig zu sein.

Eines Morgens stand mein Onkel auf und sagte. "So geht es nicht weiter, wir können nicht länger hierbleiben. Packt eure Sachen, wir gehen nach Idlib. Von Idlib aus gehen wir über den Bab al-Hawa. Und von dort, so Gott will, nach Hatay. Unser Ziel ist die Türkei. Nach ein paar ruhigen Nächten in Idlib werden wir unseren Weg fortsetzen. Ruht euch gut aus und nehmt mit, was ihr für eine lange Reise braucht", sagt er. Ich war schockiert, als mein Onkel mir erzählte, dass wir seit eineinhalb Jahren in dem jordanischen Lager sind. Es stellte sich heraus, dass das, was ich für drei oder vier Monate gehalten hatte, eineinhalb Jahre waren. Wie schnell die Zeit vergangen war. **"Dann muss ich 13 Jahre alt sein"**, sagte ich mir. In diesem Moment wurde mir klar, wie wichtig es ist, das Datum zu kennen: Es war das Jahr 2011.

Wir begannen mit den Vorbereitungen, wie mein Onkel sagte, wir packten unsere Sachen. Nach dem Mittagessen trafen wir uns. Mein Onkel sagte: "Wir brechen auf", zu einer Zeit, als alle noch wach waren. So würde es nicht so aussehen, als würden wir weglaufen. Wir konnten das Lager nicht verlassen, wann wir wollten. Wir waren so eingeschüchtert von den Soldaten, dass wir sehr vorsichtig sein mussten. Wenn jemand das Lager verließ, kam er entweder nicht zurück oder wurde gefoltert, unabhängig von Alter oder Geschlecht.

Mein Onkel und seine Söhne waren auf der Hut. Während unseres Aufenthalts wurden unsere Wertsachen konfisziert.

Als die Soldaten anfingen, unangekündigt und brutal in unser Zelt einzudringen, wurde die Gefahr für uns immer größer. Wie mein Onkel sagte, begannen wir am helllichten Tag, einer nach dem anderen das Lager zu verlassen, ohne Aufmerksamkeit zu erregen. Obwohl sie die Flüchtlinge Lastwagen für Lastwagen herausschmuggelten, war das Lager voller Menschen. *Wer weiß, wie viele unserer Leute dabei umgekommen sind?* Als wir unser Ziel erreicht hatten, rannten wir auf das Signal meines Onkels los. Wir schauten nicht zurück, auch wenn wir außer Atem waren, wir rannten, um zu leben. Wir mussten rennen. Einige Straßen waren schmutzig, die meisten schlammig. Obwohl wir getrennt waren, stiegen wir alle in die Fahrzeuge, die uns sicher nach Idlib bringen würden. **Wir befanden uns in einem endlosen Krieg.** Der Fahrer warnte uns, sobald wir eingestiegen waren.

"Wenn die Soldaten mich anhalten, bin ich dein Onkel, dein Bruder oder dein Schwager, aber es ist besser, wenn du schläfst", sagte er Fahrer.

Denn irgendwann wird diese Person gehen und
du wirst niemals wieder so eine Person finden.

KAPITEL 5

Wir waren auf der Straße. **Ich hatte große Angst.** Überall war Rauch, Bomben fielen auf uns wie Regen. Es gab sogar Zeiten, da regnete es auf uns herab, wir waren wie glühende Kohlen vom Rauch. Als wir merkten, dass es näherkam, rannten wir weg. **Auf den Straßen lagen menschliche Körper, von den Explosionen zerrissen.** Wir sahen menschliche Körper, Arme, Beine, halbe Köpfe oder Füße. Ich sah ein Kind, dessen Fuß zerschmettert war, unsere Söhne, denen die Explosion den Arm von der Schulter gerissen hatte. Ich habe Mütter und Väter gesehen, die mit ihren toten Babys in den Armen schreiend davonliefen. *Was ist das für ein Massaker?*

Weder wir noch unsere Religion sind mit einem solchen Krieg einverstanden. Auch die islamische Welt und die Religion des Islam lehnen ihn ab.

Ich weiß nicht, wie viele Stunden wir schon unterwegs waren, aber die Warnungen und die strenge Kontrolle ließen uns schweigen. Es gab keine Häuser oder Gebäude in der Nähe. Überall war alles zerstört, die Menschen waren unglücklich und traurig. **Die Straßen waren voller Soldaten.** Es war sehr merkwürdig, es gab keinen Aufruf zum Gebet. Als wir das sahen, wurde uns der Schmerz über den Verlust unserer Heimat wieder bewusst. Nach drei oder vier Tagen unter sehr schwierigen Bedingungen kamen wir in Idlib an. Es dauerte deshalb so lange, weil wir nachts nicht fuhren, um keinen Verdacht zu erregen. Auch wenn wir tagsüber fuhren, hielten uns die Soldaten an, zogen uns aus dem Fahrzeug, zwangen uns, die Hände auf den Kopf zu legen und verhörten uns. **Die Soldaten, die uns verhörten, waren nicht unsere Soldaten, selbst ihr Dialog war anders.** Es waren anderssprachige Soldaten.

Wenn es nicht unsere Soldaten sind, auf wessen Befehl sind sie dann in unserem Land? Warum führen sie Krieg gegen unser Volk?

Ich war den Tränen nahe, mein Herz brannte auf eine Weise, die ich nicht beschreiben kann. Wir spürten den Krieg in unseren Seelen. Sie töteten Menschen mit Kugeln oder folterten sie grausam. Ich kann gar nicht von den Massentötungen sprechen.

Das ist kein Krieg! Unsere Religion lässt das nicht zu. Im Islam kämpft man, um sein Land zu verteidigen, aber man darf niemals Kinder, Mütter, Schwangere, Alte oder Kranke anrühren. **Man bekämpft diejenigen, die gegen einen kämpfen. Du legst keine Hand an diejenigen, die nicht kämpfen können, und du respektierst sie.** Du sollst kein Gotteshaus beschädigen, gleich welcher Religion es angehört. Du sollst die Menschen nicht verfolgen, du sollst die Gebäude, die ihnen dienen (Schulen, Krankenhäuser, private Dienstleistungszentren...), nicht berühren. Wenn die Menschen den Krieg hautnah miterleben müssen, sollt ihr ihre Bedürfnisse wie Einkaufen, Essen, Wasser, die Bedürfnisse der Kinder befriedigen und ihnen besondere

Dienste anbieten. Man wird auch nicht das Begehren, was die Menschen haben. Achtet auf diese heiklen Punkte. So wird der Krieg im Islam organisiert. Ich wiederhole: **"Man darf nur zur Verteidigung kämpfen, wenn das eigene Land angegriffen wird.** Ansonsten wird ein wahrer Muslim niemals auf diese Weise Krieg führen".

Was in meinem Land geschieht, ist ein unislamischer Krieg. So einen Krieg gibt es in der islamischen Welt nicht! Es sind Soldaten aus fast allen Ländern. *Wer sind sie? Was machen sie in meinem Land? Wo ist unser Volk? Warum nehmen die Menschen diese Situation hin, anstatt sich zu wehren? Warum hat sich mein Volk gebeugt? Wo sind die Männer meines Landes? Warum haben sie keinen Widerstand geleistet? Warum haben sie gekniet?*

Ich habe meine Heimat verloren, ich wurde aus meinem Land vertrieben, ich wurde zwangsumgesiedelt. Wenn ich jetzt an mein Haus denke, wette ich, *dass es vom Staub der Bomben bedeckt ist.* Jetzt bin ich fort und werde nie mehr zurückkehren können.

Erzwungene Einsamkeit, Verlassenheit.
Liya, ist das lebendige Symbol dafür,
dass Hoffnung immer existiert.

Sie lässt einen mit ihrer Erfahrung das
Leben umdenken.

statt 1001 nacht – tausendundein tag

KAPITEL 6

Wir erreichten die Stadt, die zu einem Bezirk von Idlib gehört, in einer sehr schlechten Situation. Wir richteten uns alle in einem Lehmhaus ein. Natürlich war es nicht für die Ewigkeit gedacht, sondern nur, um uns ein oder zwei Tage auszuruhen und unsere Bedürfnisse zu erledigen. Wir waren sehr hungrig, denn wir hatten auf der Reise nichts gegessen. **An Wasser kamen wir ohnehin kaum heran, und wenn, dann versuchten wir alle, das Wenige, das wir hatten, zu teilen.** Die Frauen machten sich an die Arbeit, die Dinge ein wenig zu organisieren. Die Männer versammelten sich im Gästezimmer des Hauses und berieten sich untereinander. **Als mein Onkel mit lauter Stimme meinen Namen rief, sahen wir uns alle erstaunt an.** Ich richtete meine Kleider, bedeckte mein scheues Gemüt und trat ein. Ohne etwas zu sagen, wartete ich mit gesenktem Kopf an der Tür. Er sagte mir, dass er mich mit seinem Sohn verheiraten würde, weil ich in einer Kriegssituation nicht allein bleiben könne. Ich hatte keine Chance, etwas zu sagen, die Entscheidung war gefallen. Gerade als ich mich umdrehen und gehen wollte, rief er noch einmal nach mir. Als ich mich umdrehte

"Ich brauche deinen Namen für die religiöse Trauung. Sag deinen Namen. Sag dreimal ja und geh bitte." Ich tat alles, was er sagte.

Liya: "Mein Name ist Liya".

Onkel: "Nimmst du meinen Sohn Suhad-Ala zu deinem Ehemann?"

Liya: "Ja." (Ich nickte mit dem Kopf, anstatt ja zu sagen).

Onkel: " Nimmst du meinen Sohn Suhad-Ala zu deinem Ehemann?"

Liya: "Ja." (Ich nicke mit dem Kopf, anstatt ja zu sagen).

Onkel: " Nimmst du meinen Sohn Suhad-Ala zu deinem Ehemann?"

Liya: "Ja." (Ich nickte mit dem Kopf, anstatt ja zu sagen).

Ich ging sofort zu meiner Mama.

"Mama Samira, ich muss dir etwas sagen. Mein Onkel hat mich mit seinem Sohn verheiratet. Er dachte, er könnte mich im Krieg beschützen, weil ich jünger bin."

"Du hast geheiratet?", fragte sie überrascht und lächelte. Sie war darüber erfreut.

"Wir sind mitten im Krieg. Dein Onkel hat gut nachgedacht", sagte sie.

Ich habe wieder geheiratet. Ich bin dreizehn und es ist meine zweite Ehe. So ist das im Krieg. Die, die übrig bleiben, schließen sich zusammen und denken, dass sie gemeinsam stark sind.

Die Männer haben sich sofort zurückgezogen. Vom Jüngsten bis zum Ältesten legten sich alle hin. Während sie sich hinlegten, machten die Frauen draußen ein Feuer und kochten Wasser, um die Wäsche zu waschen. Sie kochten das Essen und spülten das Geschirr. Wenn ihnen das Wasser ausgeht, kochen sie Wasser zum Waschen. Außerdem suchen sie sauberes Wasser und stellen es bereit, damit man sich die Hände und Füße waschen kann. **Ich könnte noch Dutzende von Beispielen anführen.** Wir werden ohne Pause unterwegs sein. Und als ob das noch nicht genug wäre: "Seid ihr noch nicht fertig? Warum habt ihr den ganzen Vormittag gezögert?" Ich kann nicht verstehen, warum sie so sind!

Kein Wort der Welt spricht lauter als die Tat.

statt 1001 nacht – tausendundein tag

KAPITEL 7

Während wir draußen die letzten Arbeiten verrichteten und aufräumten, griff eine große Anzahl von Soldaten vom äußeren Tor aus an. Sie waren verzweifelt. Sie sprachen alle eine andere Sprache. Ich sah das Feuer aus ihren Augen kommen, sie würden sogar rohes Menschenfleisch essen. Wir waren verbrannt! OK, sagte ich mir. **Es ist vorbei, wir sind alle erledigt, und ich habe mich nicht geirrt.** Sie stellten uns alle in einer Reihe auf, brutal, schubsend und stoßend. Sie drehten uns um und befahlen uns, uns hinzuknien. **Wir warteten mit gesenkten Köpfen, unter uns Soldaten, die uns anschrien und beschimpften.** Währenddessen wurde ununterbrochen geschossen. Sie müssen alle im Haus getötet haben.

Plötzlich wählten sie die Jüngsten unter uns aus und zerrten uns ins Haus. Obwohl wir uns wehrten, protestierten, weinten und bettelten, war es vergeblich. Wir wurden in den Raum geschleppt, wo die Männer sich befanden. Wir bettelten und wehrten uns buchstäblich, dabei wir waren verzweifelt. Sie töteten einige von uns, andere wurden verletzt. **Was von meiner Familie übrig war, musste mit ansehen, wie sie uns vergewaltigten.** Wenn unsere Männer, die verwundet waren und kaum noch atmeten, versuchten, sich zu wehren, wurden sie entweder in den Kopf oder in die Beine geschossen. Während unsere Schreie zum Himmel stiegen, war unsere Familie gezwungen, uns in diesem Zustand zuzusehen. Es war ein unbeschreiblicher Schmerz, ich kann ihn nicht beschreiben, auch wenn ich es versuche. Ich weiß nicht einmal, wie viele Soldaten uns missbraucht haben. **Während jede von uns vergewaltigt wurde, hielten meine Schwester Rajana und ich uns an den Händen fest und schrien weiter.** Sie zerrten uns in unserem verzweifelten, verletzten Zustand vor das Haus. Von drinnen hörte ich wieder Schüsse. Ich glaube, sie haben den Rest von uns getötet. Meine Mann Suhad stand vor mir und sah, wie ich vergewaltigt wurde. Ich schämte mich. Selbst wenn wir beide überlebt hätten, hätten wir nie Ehepartner sein können. Im Krieg verheiratet zu werden, hieß nicht, dass es ein normales Eheverhältnis war, sondern, es diente lediglich nur zum Schutz. Sie hatten unsere Mütter und Brüder erschossen, damit sie nicht als Soldaten aufwachsen würden. Nun waren wir in den Händen dieser grausamen Soldaten.

Rajana, die Tochter von Mutter Zahra, war elf Jahre alt, meine andere Schwester Ala war zehn. Das ist Kindesmissbrauch, das ist ein Verbrechen auf der ganzen Welt! Das muss gestoppt werden, die Verantwortlichen müssen zur Rechenschaft gezogen werden. **Das ist ein Fall, der vor den Internationalen Strafgerichtshof gehört, wegen kriegsverbrecherischen Verhaltens!** Wir waren in den Händen der Soldaten, sie haben uns in ihre Militärfahrzeuge gesteckt. Sie waren alle schmutzig. Als drei verwaiste und elternlose Mädchen waren wir einer unvorstellbaren Brutalität ausgeliefert. Es ist unhöflich, aber sie sind alle Bastarde!

Wir wurden an Orte gebracht, die wir nicht kannten. Wir hatten Angst und waren schwer verletzt. Bald merkten wir, dass sie uns in die Kaserne brachten. **Dort wurden unsere Füße einzeln mit einer langen Kette gefesselt.** Um uns herum waren andere Mädchen und Frauen und Babys, so wie ich mein Baby bei mir hatte. Sie hatten uns zusammengetrieben, um uns zu Prostituierten zu machen. Ein verzweifelter Verbrecher würde sich eine von uns aussuchen und sie mitnehmen. Wir hatten niemanden mehr außer unserem Herrn und uns selbst. Meine Schwester Ala und mein Schwester Rajana konnten die Grausamkeit nicht mehr ertragen und starben.

Ich blieb etwa zwei Jahre dort und ertrug ihre Grausamkeit. Ich habe nie rebelliert, ich habe immer gebetet, um das Wort Gottes in meinem Mund zu behalten. Ein Soldat hat mich geschwängert. Ich schämte mich, aber ich wollte das Kind aus einer Vergewaltigung. **Das ist die Wahrheit!** Mit 14 Jahren habe ich einen Sohn bekommen, ich weiß nicht einmal, welcher Soldat es war. Ich nannte ihn Mohamed, weil ich dachte, dass wir Mohammed (Friede sei mit ihm) brauchten, um diese Folter zu beenden. Während ich weinte, sagte ich in meinem Herzen: "Möge unser Prophet euer Führer sein". Mein Sohn Mohamed war zwei oder drei Monate alt und mein Sohn Ali vier Jahre. Ich wollte meine Söhne tapfer erziehen, so Gott will. Als ich vierzehn war, wollte ich meinen beiden Söhnen als Mutter gegenübertreten.

© Nurgül Sönmez

Als ich fünfzehn war, bekam ich noch einen Sohn, wieder von einem wilden Soldaten, ich weiß nicht mehr, von welchem. Ich nannte ihn Omar. **Mein Sohn Omar war zwei oder drei Monate alt, Mohamed war ein Jahr alt, Ali war fünf.** Ich gab nicht auf, wir mussten hier weg. Wenn jemand einen Laut von sich gab, lynchten sie ihn vor allen Leuten oder erschossen ihn, ohne mit der Wimper zu zucken. Die Toten warfen sie in ein Massengrab, das sie ausgehoben hatten. Das Ausmaß der Grausamkeit war unvorstellbar.

Die türkischen Soldaten kamen aus dem Nichts. Sie bekämpfte die Unterdrücker und rettete die Unterdrückten. Sie eröffneten das Feuer, sie nahmen uns die Ketten von den Füßen. Es waren diese glorreichen türkischen Soldaten, die uns vor diesen wilden Wölfen gerettet haben. Auch die Unsrigen waren in die Hände dieser wilden Soldaten gefallen. Die türkischen Soldaten nahmen uns mit in ihre Kaserne. **Sie sahen, dass wir verwundet und verfolgt worden waren.** Sie brachten uns in ihre Krankenhäuser, wo wir behandelt und untersucht wurden. Einige von uns mussten ins Krankenhaus. Auch ich wurde ins Krankenhaus gebracht, meine Verletzungen waren sehr schwer. Meine Kinder haben sie nicht von mir getrennt. Sie durften bei mir bleiben. Ich wollte so schnell wie möglich türkischen Boden betreten und diesen Boden küssen. Die türkische Armee hat uns alle gerettet. Ich bin ihnen allen dankbar. Sie kamen mit Mut und Barmherzigkeit.

Keiner von uns will Krieg. Weil wir ihn gesehen haben, wollen wir ihn nicht. Die Menschen waren unglücklich. **Ich kam hierher, indem ich durch die Migrationslinien ging, die aus der Luft wie eine Straße aussahen.** Sie trieben all diese Menschen, beuteten sie aus, verzehrten sie.

Mit welchem Recht?

Sie haben unser Eigentum, unseren Besitz und unsere Körper beschlagnahmt. Diejenigen, die diesen Krieg führen, diejenigen, die auf ihrer Seite stehen, können keine Menschen sein!

Ich hatte schon viel über die Türkei gehört und war sehr neugierig auf das Land und die Menschen. Ich war aufgeregt, als wir näherkamen, aber ich war auch traurig, als ich daran dachte, dass mein Land im Stich gelassen wurde. Ich vergoss mehr Tränen der Erleichterung über den Krieg als der Trauer. Wir näherten uns der Grenze. Es waren zu viele Soldaten, um sie zu überqueren. Als ich in den Fahrzeugen der türkischen Soldaten saß, sah ich plötzlich ein Lächeln und eine feurige Freude erfüllte mein Herz. Türkische Menschen und türkische Soldaten erwarteten uns und winkten uns zu. **Sie empfingen uns mit offenen Armen und winkten uns immer wieder liebevoll zu.** Was für ein warmherziges Volk! Ich hatte schon so viel Gutes gehört, aber so viel hatte ich nicht erwartet.

Bevor ich die Grenze überquerte, bemerkte ich eine ungewöhnliche Aufregung. Mehrere Schüsse fielen hintereinander. **Menschen wurden vor den Augen ihrer Familien verstümmelt oder erschossen.** Meistens wurden sie vor den Augen ihrer Familien getötet, ohne ihnen ins Gesicht zu sehen. Auf der Flucht vor unbekannten Soldaten im eigenen Land fielen wir fremdsprachigen Soldaten in die Hände. Diese Soldaten würden dich roh essen, wie ich es beschrieben habe. Sie haben kein Gewissen, kein Mitleid, keine Ehre. **Ich spreche von Soldaten, die Frauen vor den Augen ihrer Männer vergewaltigen.** Alle Soldaten, die ich von meinem elften bis zu meinem fünfzehnten Lebensjahr gesehen habe, waren grausam. Die türkische Armee hat uns vor diesen Soldaten gerettet, denen die Schande ins Gesicht geschrieben stand. Sie kämpften gegen die Verräter und versuchten, uns zu schützen. Sie haben ihre Grenzen für uns geöffnet, als ob sie uns mit offenen Armen empfangen würden. Ich küsse das Land eines solchen Volkes, ich umarme es, ich adoptiere es, ich verteidige es, ich kämpfe für es, wenn es sein muss.

Es lebe die türkische Armee!

Es lebe die türkische Nation!

Kinder im Alter von zehn, elf und dreizehn Jahren. Was haben sie ihnen außer ihrem Schmerz und ihren verlorenen Träumen gelassen?

Liya versucht, die Verlorenen durch ihre Kinder zu ersetzen, und begrüßt Barmherzigkeit und Geduld in ihrem Herzen.

statt 1001 nacht – tausendundein tag

KAPITEL 8

Nach dem Krankenhausaufenthalt und der Behandlung wurde ich entlassen. Die Soldaten brachten mich ins Lager. Es war anders als das jordanische Lager. Die türkischen Leute und die Soldaten haben sich gut um uns gekümmert. **Wir wurden bis auf unsere Kleidung neu eingekleidet, es fehlte uns an nichts.** Wir waren von hilfsbereiten Menschen umgeben. Sie erfüllten unsere Wünsche und Bedürfnisse so gut sie konnten. *Alle hatten ein Lächeln im Gesicht, jeder lächelte ehrlich. Sie waren freundlich und herzlich. Sobald ich die Türkei betrat, wurde mir warm ums Herz und ich sagte mir, dass dies von nun an mein Zuhause sein würde. Ich umarmte sie, und wenn es sein musste, würde ich mit dieser Armee gegen die Unterdrücker kämpfen. Wenn ich der türkischen Gesellschaft und der türkischen Republik nützlich sein könnte, würde ich tun, was ich in diesem Moment tun musste.* Ich dachte und glaubte so, weil wir aus dem Krieg kamen.

Sie versuchten, uns vor den grausamen Soldaten zu schützen. An der Grenze wartete der ruhmreiche türkische Soldat mit der türkischen Fahne. **Allein das Wissen, dass dieser Soldat dort stand, tröstete uns.** In dieser sicheren Umgebung spürte ich zum ersten Mal den Schlaf. Ich schlief sehr tief. Mein Sohn Omar sagte: "Mama, Mama, wach auf! Schau, das Essen wird verteilt", weckte er mich.

Ich stand auf, zog mich an und räumte auf. Nachdem ich mir die Hände und das Gesicht gewaschen hatte, ging ich zur Tür. Ich stand mit meinen Söhnen in der Essensschlange.

Saubere Teller wurden verteilt. **Aus kesselgroßen Töpfen stieg Rauch auf, der Geruch von heißem Essen erfüllte den Raum.** Wir trauten unseren Augen nicht: Jeder bekam ein eigenes Tablett, verpackte Löffel und Gabeln, Feuchttücher mit Zitronenaroma, Brot, kaltes Wasser in Plastikflaschen, Linsensuppe, getrocknete Bohnen mit Fleisch und Reis. Für die Erwachsenen gab es eine kleine Schüssel Salat, für die Kinder Pudding oder Waffeln. **Eine solche Mahlzeit hatte ich seit Jahren nicht mehr gesehen.** Die Tische waren in Reihen aufgestellt. Wir saßen zu viert an einem leeren Tisch und begannen zu essen, indem wir dankten und beteten. Möge Gott auch ihre Tische segnen.

Mit jedem Augenblick wurde ich mir meiner Entscheidung sicherer: **Ja, die Republik Türkei sollte von nun an meine Heimat sein.** Etwa zwei Jahre blieb ich in der Türkei. Nach Jahren der Verfolgung erlebte ich hier Frieden. Meine Kinder konnten in Ruhe spielen. Sie konnten Kinder sein, wie sie wollten, ohne Krieg und Verfolgung. **Das war wahre Freiheit. Das war Demokratie.** Ich war damals siebzehn Jahre alt, Omar war zweieinhalb, Mohamed dreieinhalb und Ali sieben.

Eine Sache verfolgte mich immer noch. *Was hatten deutsche Waffen in unserem Land zu suchen?* Wie ich im Lager hörte, strömten die Flüchtlinge in Scharen nach Europa. Ende 2014 sagte man mir, die Grenzen seien geöffnet worden.

Da ich mir keinen Reim darauf machen kann, möchte ich der deutschen Regierung eine Frage stellen.

Warum sind eure Waffen in den Händen dieser grausamen Soldaten? Warum waren eure Waffen und eure Kriegsausrüstung nicht in den Händen derer, die versucht haben, unser Land und uns zu verteidigen? Ihr habt den Unterdrückern geholfen, nicht denen, die ihr Land verteidigt haben. Glauben Sie, dass Sie uns jetzt helfen, da Sie Ihre Grenzen geöffnet haben? Wollten wir unser Land verlassen? Wollten wir in euer Land kommen? Wir wollten nie auswandern. Unterscheiden Sie sich von den Unterdrückern, die mein Volk mit Ihren Waffen massakriert haben? Sie sind genauso verantwortlich wie sie. Können Sie uns jetzt unsere Heimat zurückgeben? Das ist unmöglich, denn Sie haben unsere Heimat in das hier verwandelt. Sie haben sie zerstört!

In europäischen Zeitungen steht, dass die türkische Armee Syrien den Krieg erklärt hat. **Warum tun Sie das? Warum berichten Sie falsche Nachrichten und handeln nicht mutig?** Die türkischen Soldaten sind in den Konflikt eingetreten, um die wahre syrische Nation zu schützen. Das können Sie doch nicht ernsthaft behaupten. Sie können nicht akzeptieren, dass türkische Soldaten an der syrischen Grenze gegen die Unterdrücker kämpfen und mein Volk schützen.

Ich werde das deutsche und das europäische Parlament dazu befragen. **Ich bin entschlossen!** Dann werde ich Deutschland den Rücken kehren und in die Republik Türkei gehen. Auch wenn ich auf dem Weg dorthin mit meinen

Kindern leide, werde ich es tun. **Ich habe den Plan gefasst, mich in die Schlange der Flüchtlinge einzureihen, um nach Europa und Deutschland zu gelangen.** Ich habe das Lager verlassen und bin mit meinen Kindern dieser Schlange gefolgt. Wir sind in einem unglaublich erbärmlichen Zustand nach Europa gekommen. An den Grenzen haben wir sehr gelitten. Besonders unter den griechischen Soldaten. **Sie haben uns nackt ausgezogen und gepeitscht, bis wir gehäutet waren.** Ja, das habe ich erlebt. Dann habe ich einen Weg gefunden. Obwohl wir verfolgt wurden, sind wir mit einem Schiff nach Italien gefahren. Auf einem Schiff auf dem Meer, ohne Sicherheit, mit allen Risiken haben wir uns auf den Weg nach Europa gemacht.

Als wir endlich in Italien ankamen, wollten italienische Soldaten unsere Ausweise kontrollieren. **Wir hatten aber keine Ausweise.** Sie registrierten uns einzeln und nahmen unsere Ausweise und Fingerabdrücke. Als die Prozedur beendet war, gaben sie sich gegenseitig die Dokumente zurück, die sie uns abgenommen hatten. **Wir waren immer noch nicht frei, denn auch dort mussten wir in einem Lager bleiben.** Wir taten, was getan werden musste. Nach ein paar Tagen fand ich einen Weg und ein Auto, mit dem ich nach Deutschland fahren konnte. **Ja, es war riskant, aber ich habe es riskiert.** Ich hege keinen Groll, ich werde bestimmt nichts Böses tun. Ich will nur diese Fragen stellen und die Antworten hören.

"Warum wurde meine Familie von deutschen Gewehren getötet?"

Als wir in Deutschland ankamen, setzten sie uns am Straßenrand aus. Außer uns waren noch andere Leute im Auto. **Wir folgten der Gruppe, die ausstieg, versteckten uns und gingen langsam in Richtung Stadtzentrum.** Einer von uns kannte den Weg. Er führte uns zu einem Flüchtlingsheim und brachte uns dort unter. Ich möchte nicht sagen, in welcher Stadt: "Ihr bleibt hier für eine Nacht. Morgen gehen wir zur Stadtverwaltung und lassen euch registrieren", sagte der Mann, der uns dorthin brachte. Ich spreche sowieso nie, wenn ein Fremder in der Nähe ist, kann ich nicht einmal den Mund aufmachen.

Ein Tag verging und am Morgen kam der Mann. Wir waren bereit und warteten. Dank der beiden teilten sie mit uns das Essen, das sie in der Unterkunft hatten und das ihnen ausgegangen war. Nach dem Frühstück machten wir uns auf den Weg. Es war Winter und es war kalt. Als wir bei der Registrierung ankamen, wurden wir nach unseren Daten gefragt. **Ich würde in ein oder zwei Monaten achtzehn werden, also ließ ich mich zwei Monate älter machen, um volljährig zu sein.** Dann habe ich auch meine Kinder registriert. Wir bekamen Asylausweise. Unsere Fingerabdrücke wurden genommen. Sie fragten uns, wo wir wohnen würden. Wir kamen in ein anderes Flüchtlingsheim. Sie sagten uns, wir sollten dort bleiben, bis unsere Papiere ausgestellt würden. Wir haben mehr als eineinhalb Jahre auf diese Papiere gewartet. Ich dachte, *Deutschland sei ein bürokratisches Land?* Aber sie tat, was sie tun konnte. Wie auch immer, am Ende bekamen wir unsere Genehmigungen, auch wenn es sehr lange dauerte. **Sie schickten uns mit dem Bus nach Nordrhein-Westfalen in eine Flüchtlingsunterkunft.** Mein Körper war sehr müde. Meine Kinder waren keine kleinen Kinder mehr. Sie waren im schulpflichtigen Alter, sie mussten zur Schule gehen. **Der deutsche Staat hatte uns mit offenen Armen empfangen und war sehr hilfsbereit.** Aber ich habe hier zum ersten Mal in meinem Leben Rassismus erlebt. Natürlich gab es auch gute Menschen, aber wir wussten nicht, was wir den Schlechten sagen sollten. **Was war Rassismus?** *Darf ich schlecht behandelt werden, weil ich Syrer bin? Sind eure Standards der Menschlichkeit höher als meine? Wie könnt ihr das von euch denken?*

Wir sind gleich. Und wir werden gleichbleiben!

Manchmal tut es gut trotz allem Stress und Verpflichtungen für kurze Zeit mal nicht zu funktionieren. Denn immer funktionieren, funktioniert auf Dauer auch nicht!

KAPITEL 9

Die Fahrzeuge brachten uns zur neuen Flüchtlingsunterkunft. Über 150 Flüchtlinge aus verschiedenen Ländern sollten hier untergebracht werden. Als wir aus den Bussen stiegen, empfingen uns hilfsbereite Menschen mit gefüllten Taschen. Ich war neunzehn Jahre alt und Mutter von drei Kindern. Ich war so müde! **Wenn ich mich nur einmal hinlegen könnte, würde ich bestimmt erst nach Monaten wieder aufwachen.** Ich war so schwer und erschöpft. Ich war mit Schmutz bedeckt.

Sie sagten, dass wir alle ein gutes Zimmer bekommen würden. Wir stellten uns in einer Reihe auf und warteten, während sie weiter die Taschen verteilten. **Während ich in der Schlange wartete, griff eine dunkelhaarige Frau, die hinter mir stand, mit einer Hand nach meiner Schulter.** Als ich mich zögernd umdrehte, reichte sie mir mit einem aufrichtigen Lächeln die Hilfstaschen. Ich senkte den Kopf, es war mir peinlich, eine Traurigkeit hatte sich in diesem Moment auf mein Gesicht gelegt. Es war, als würde ich weinen, wenn sie mich berührten. Sie streichelte die Köpfe meiner Söhne mit ihrem liebevollen Blick. Ich erkannte, dass sie mit einer Handbewegung sagen wollte: "Wir sehen uns drinnen", und nickte ihr lächelnd zu, als wolle sie ihr Einverständnis geben.

Am Eingang der Unterkunft standen vier Tische nebeneinander, und wir wurden von den Bewohnern kontrolliert.

Ein großes Polizeieinsatzteam wartete auf uns. Rund um das Flüchtlingsheim standen viele Menschen, die gegen unseren Aufenthalt protestierten. Es müssen Rassisten gewesen sein, und es gab noch eine andere Gruppe, die gegen Rassisten marschierte. Als wir uns näherten, waren wir an der Reihe. Als wir an der Reihe waren, wurde unsere Temperatur gemessen und Blut und Urinproben genommen. Sie wollten alle unsere Papiere, von denen, die wir in Italien bekommen hatten, bis zu denen, die wir in der vorherigen Flüchtlingsunterkunft bekommen hatten. Ich sammelte sie alle ein und gab sie ihnen.

In der Unterkunft warteten hilfsbereite Menschen auf uns. Die Frau, die gerade zu mir gekommen war, schaute sich um, ich glaube, sie suchte mich. Als sie uns sah, kam sie mit einem Dolmetscher zu uns. Sie gab mir einen Kuss und umarmte mich mit einem Seufzer. Sie sagte auf Arabisch: "Sie sind unter Schmerzen hierhergekommen, aber Sie sind mit Ihren Kindern willkommen". "Sind Sie Araberin?", fragte ich. **"Nein, ich bin Türke, aber das spielt keine Rolle, denn wir sind alle Menschen"**, sagte sie.

Wegen dieses Exils lächelte das Gesicht des Türken, egal in welches Land ich reiste, immer die Unterdrückten an.

In anderen wurden wir fast immer herumgeschubst. Das wollten wir nie! Wir wurden mit Gewalt vertrieben. Gibt es noch mehr? Wir haben unsere Heimat verloren. Es gibt kein Land mehr, das Syrien heißt. Ich bin am Boden zerstört, ich habe nicht einmal mehr die Kraft aufzustehen. **Ich habe versucht, auf meinen wackeligen Beinen zu stehen, aber nach einer Weile war es unmöglich.** Mein Körper war mit Wunden übersät und ich fühlte mich überhaupt nicht wohl.

Als die türkische Frau meine Situation bemerkte und sah, dass meine Augen tränten, kam sie lächelnd auf mich zu und umarmte mich wieder. Es war diese Umarmung. Ich fing an zu weinen, ich brach in ihren Armen zusammen. Er hielt mich fester, damit ich nicht hinfiel. **"Einen Krankenwagen! Ruft einen Krankenwagen!"**, schrie sie. Mir wurde schwarz vor Augen. In diesem Moment muss ich ohnmächtig geworden sein. An den Rest kann ich mich nicht erinnern, bis ich im Krankenhaus die Augen öffnete.

Als ich aufwachte, war ich sehr besorgt, weil ich meine Kinder nicht bei mir sah. Obwohl ich an einem Tropf hing, stand ich sofort auf und begann, jeden auf dem Krankenhausflur nach meinen Kindern zu fragen. Ich wusste, dass sie meine Sprache nicht verstanden, aber ich rief trotzdem. **Ich war schwach, meine Beine zitterten immer noch.** Mir war schwindelig, ich versuchte, mich an den Gitterstäben des Flurs festzuhalten. Als die türkische Frau bemerkte, dass ich nach ihr rief, kam sie sofort zu mir. Sie war so besorgt über meinen Zustand, dass sie sich beeilte. Ich fragte sofort nach meinen Kindern: "Keine Sorge. Sie sind in guten Händen", sagte sie. Mit ihren Worten versuchte sie, mir die Angst zu nehmen. **Ich hielt sie für eine vertrauenswürdige Person und glaubte ihr.** Sie nahm mich am Arm und führte mich in mein Zimmer. Sie wusste nicht, was ich durchmachte, aber sie schien es zu spüren.

Sie hatte eine enge Freundin angerufen, um zu dolmetschen, damit wir uns besser verstehen konnten. Sie versuchte uns zu sagen, dass sie bald kommen würde und wir uns dann besser verstehen könnten. Morgen würde jemand vom Sozialen Dienst kommen. **Ich habe ihr gesagt, dass ich Liya heiße und sie hat mir gesagt, dass ich Nurgül heiße.** Ich sah erschöpft aus. Ich war sehr traurig. Ich sah aus wie vierzig, obwohl ich noch keine zwanzig war. Mein Kopf war leicht gesenkt, ich schämte mich und war wütend über meine Situation. Wir waren schutzlos und ich hatte sehr unter den Unterdrückern gelitten. Ich hatte meine ganze Familie verloren, sogar meine Brüder und Schwestern waren im jordanischen Lager von mir getrennt worden. Ich habe sie gesucht, aber ich konnte sie nicht finden. *Wahrscheinlich waren sie unter den Flüchtlingen, die mit Lastwagen abtransportiert wurden.* Ich weinte die ganze Zeit, mein Herz brannte und schmerzte immer noch.

Ich hatte Grausamkeiten erlebt und Tote gesehen. *Ich wurde als Kind vergewaltigt, wehrlos, vor den Augen meiner Familie. Zwei Jahre lang wurde ich von grausamen Soldaten als Prostituierte missbraucht, meine Füße waren in Ketten. Ich war am Boden zerstört.*

Während ich auf den Dolmetscher und die Leute vom Sozialdienst wartete, gingen mir diese Gedanken durch den Kopf und die Tränen stiegen mir in die Augen. *Wie kann ich diesen Schmerz beschreiben, wie kann ich ihn wieder gut machen?*

Ich muss bei Verstand bleiben, Gott! Die türkische Frau versuchte mich in dieser Zeit zu trösten. Sie konnte sich nicht einmal vorstellen, was ich durchmachte. Wir hörten das Klicken der Tür, und die, auf die wir gewartet hatten, waren da.

"Liya fragte, was passiert sei und warum sie im Krankenhaus sei, und ihre Dolmetscherin versuchte, sie in den Arm zu nehmen. **Als sie anfing, von ihren Erlebnissen zu erzählen, wurde uns klar, dass Liya unter psychischem Trauma litt.** Eine stationäre Behandlung würde ihr sehr guttun. Nach dem, was sie zeigte, hatte ihr Körper viele Verletzungen erlitten. Aber die Behandlung, die sie wirklich brauchte, betraf die Wunden ihrer Seele. Ihr ganzer Körper trug die Narben der Verfolgung."

Ich kniete auf den Knien und schluchzte und weinte, während ich eine Erfahrung nach der anderen in diesem

Krankenhauszimmer erzählte. Mein Schmerz war unerträglich. **In dem Glauben, in guten Händen zu sein, hatte ich mich so fallen lassen.** Zum ersten Mal war ich so entspannt, dass ich mich sicher fühlte. Ich sprengte die Fesseln, an denen ich mich festhielt, so weit, dass ich während des Erzählens wieder ohnmächtig wurde.

Als ich wieder zu mir kam, hielt die türkische Frau meine Hand. Ich begann zu husten und sie legten mich auf das Bett. Die Dolmetscherin saß auf dem Stuhl gegenüber, die andere Frau war nicht zu sehen. Die Dolmetscherin arbeitete als Verwaltungsangestellte in der Stadtverwaltung. Während ich bewusstlos war, kam der Arzt in mein Zimmer und die Dolmetscherin erzählte ihm alles, was ich ihr erzählt hatte. Sie sagten, ich müsse stationär psychologisch behandelt werden. **Sie sagten mir, dass meine Kinder in guten Händen seien und dass ich sie zurückbekommen würde, wenn ich entlassen würde.** Ich glaubte und vertraute ihnen und willigte in die stationäre Behandlung ein.

Das Krankenhaus für Nerven- und Geisteskrankheiten wurde kontaktiert. Man sagte mir, dass ich einen Tag später dorthin verlegt würde. **Sie brachten mich zum letzten Mal zu meinen Kindern.** Ich wusste, dass ich diese Behandlung wirklich brauchte. Als Mutter hätte ich natürlich bei meinen Kindern sein sollen, aber was ich durchgemacht habe, war sehr schwer für mich als Kind. Je besser und stärker ich war, desto besser konnte ich meine Kinder erziehen, aber wenn ich weiterhin gesundheitliche Probleme hatte und nicht stark war, konnte ich nie garantieren, dass meine Kinder sicher waren.

Nachdem mich einige andere Ärzte behandelt hatten, war ich mit den Untersuchungen fertig und wurde mit den Psychologen weggebracht. Meine Dolmetscherin und die Türkin Nurgül wichen nicht von meiner Seite. Sie begleiteten mich bis zu meiner Entlassung und halfen und unterstützten mich bei allen notwendigen Schritten.

Es gibt zwei Arten sich zu täuschen:
Die eine ist, Unwahres zu glauben.
Die andere ist, nicht zu glauben, was Wahr ist.

statt 1001 nacht – tausendundein tag

KAPITEL 10

Ich wurde mit dem Krankenwagen in die psychiatrische Klinik gebracht. Die Fahrt dauerte ungefähr zwei Stunden. Als ich auf der Bahre lag, schlief ich ohne Unterbrechung. Ich merkte, wie müde mein Körper war. **Ich war so müde, dass ich dringend Ruhe brauchte.**

Wir kamen an und sie gaben mir die Berichte. Ich hatte weder die türkische Dame noch meine Dolmetscherin dabei. Ganz zu schweigen von der Dame vom Sozialdienst, die kam, schrieb, zeichnete und wieder ging. Sie war wirklich sehr wichtig. Ohne sie wäre es nicht möglich gewesen. Aber seit wir die Stadt gewechselt haben, ist sie nicht mehr die Beamtin, die sich um mich kümmert. Ich habe es erst neulich erfahren, bevor ich weggeschickt wurde. Meine Anmeldung hat lange gedauert. **Als ich merkte, dass ich nicht alleine gehen konnte, traf ich eine Krankenschwester, die mir mit einem spöttischen Lächeln zu verstehen gab, dass sie meinen Arm nicht nehmen würde.** Da stand ein Rollstuhl. Ich deutete mit der Hand darauf, um zu fragen, ob das in Ordnung sei. Sie sagte etwas wie: "Holen Sie ihn sich selbst", in einer wütenden Art und Weise, während sie weiterhin eine Grimasse zog. **Als kranker und verletzter Mensch brauchte ich vor allem Respekt und Liebe.** Da mich die Ärzte für jede Untersuchung in ein anderes Zimmer riefen, musste ich mich in die Hände der Krankenschwestern begeben. *Wie sollten sie mich ohne Dolmetscher behandeln? Wie sollte ich meine Probleme, Sorgen und Erlebnisse erklären?* Ich bat um einen Dolmetscher.

Ich dachte, *wenn ich Dolmetscher sage, verstehen sie mich.* Ich hatte große Schwierigkeiten. Nach all den Behandlungen und Aufnahmeverfahren wurde ich in eine geschlossene Abteilung eingewiesen. Ich war allein im Zimmer, niemand kam oder ging. Ich hatte kein Gepäck. Ich hatte nur ein Kleidungsstück zum Wechseln, das man mir in der Flüchtlingsunterkunft gegeben hatte. **Eine Krankenschwester kam in mein Zimmer und sagte mir, dass ich Medikamente nehmen müsse.** Ich sollte sie vor ihren Augen einnehmen. Nachdem ich sie genommen hatte, schaute sie mir genau in den Mund, um zu sehen, ob ich sie auch wirklich geschluckt hatte. *Warum sollte ich sie nicht schlucken,* dachte ich, und dann wurde ich müde und schlief ein. Ich konnte ihr nicht von meinen Problemen erzählen, also dachte ich, *es sei nur ein weiteres Problem.*

Einige der Schwestern waren sehr nett, sehr freundlich und hilfsbereit. Wenn sie in mein Zimmer kamen, versuchten sie mir mit ihren Händen und Körperbewegungen alles so zu erklären, dass ich es verstehen konnte. **Aber es gab auch Situationen, in denen ich mich nicht in ihre Hände begeben wollte.**

An diesem Tag tat ich schweigend, was sie mir sagten. Es war dunkel. Ich konnte keinen einzigen Satz sprechen, ich konnte nichts sagen, niemand kam oder ging.

Nur wer mit sich selbst nicht zufrieden ist,

ist gemein zu anderen.

Merk dir das.

KAPITEL 11

Drei Wochen waren vergangen.

Auf der Etage, auf der ich mich befand, herrschte Besuchsverbot. Es war geschlossen, ich wusste nichts davon. **Die Dolmetscherin kam und ging dreimal in drei Wochen, um genau zu sein.** Dank ihr konnte ich mich mit den Ärzten und Therapeuten verständigen, sie verstand mich gut und setzte sich für meine Rechte ein. Das hat mir Kraft gegeben. Sie beantragte beim sozialen Dienst meiner Stadt, mir einmal pro Woche einen Dolmetscher zur Seite zu stellen. Wenn nötig, hat sie zwei Dolmetschern zugestimmt. **Da ich auf der geschlossenen Etage war, konnte Nurgül, die türkische Frau, die ich kennengelernt hatte, nicht kommen.** Ich erfuhr, dass nur das Personal Zutritt hatte und fragte sofort nach meinen Kindern, bevor ich nach mir fragte.

"Keine Sorge. Wir haben Ihre Kinder nicht in ein Waisenhaus übergegeben. Ich habe mich sehr bemüht. Ich habe ihnen gesagt, dass ihre Kinder nirgendwo anders hingebracht werden können als zum Familien- und Sozialen Dienst. Alle im Heim sind mit mir aufgestanden. Sie haben mit lauter Stimme gesagt, dass wir ihre Eltern sind. Sie können sie nirgendwohin bringen, sagten sie. **Viele Menschenfreunde haben ihr Leben riskiert, damit ihre Kinder bei uns aufwachsen können.**

Ich musste sofort weg, weil ich nicht wollte, dass man mir meine Kinder wegnimmt. Ich habe jedem, der hereinkam, gesagt, dass ich bei meinen Kindern sein muss. Ich fühlte mich nicht wohl. **Dank der Dolmetscherin hat sie mich jedes Mal, wenn sie hereinkam, heimlich per Videochat mit meinen Kindern verbunden.** Ich weinte, aber vor Freude. Je mehr ich sah, dass es ihnen gut ging, desto besser fühlte ich mich.

Die Dolmetscherin hieß Jamelia. Sie war jedes Mal, wenn sie kam, sehr anspruchsvoll. Sie fragte und erfuhr alles, von den Tabletten, die ich bekam, bis zu der Frage, wie lange ich hierbleiben müsse. Jedes Mal sagte man ihr, dass ich als Kriegsopfer wichtigere Behandlungen erhalten müsse und dass man mich für eine gewisse Zeit nicht aus der geschlossenen Station lassen könne.

"Aber sie spricht nicht einmal Ihre Sprache, sie kann nicht mit Ihnen sprechen, sie geben ständig Medikamente und schläfern sie ein", sagte Jamelia zum Arzt.

Sie hat mich verteidigt. In den ersten Tagen war es gut, sich auszuruhen und zu schlafen, aber das konnte nicht so weitergehen. Meine Familie war getötet worden, und mein Herz schmerzte. Ich würde nicht einmal an ihren Beerdigungen teilnehmen und ihre Gräber besuchen können. Ich wusste nicht mal, ob sie irgendwo beerdigt wurden oder in den Massengräbern untergebracht wurden. Ich war aus meiner Heimat vertrieben worden. *Was könnte schlimmer sein als das?*

Jetzt dachte ich, *wenn sie versuchen würden, mir meine Kinder wegzunehmen, würden sie sehen, wie Liya sich von einem Lamm in einen wilden Wolf verwandelte. Wenn das ihre Absicht war, dann könnte ich ein Wolf sein, ich hatte schon so viel gelitten, was hatte ich noch zu verlieren?*

In meinem Zimmer gab es nicht einmal einen Fernseher, ich wollte die Nachrichten sehen. Ich hatte ein Bett, einen Stuhl und ein Waschbecken. Das war alles. Als Jamelia das erwähnte,

"Sie könnte sich verletzen oder sogar töten. Deshalb müssen wir Vorsichtsmaßnahmen treffen", sagten sie.

Welcher Selbstmord? Wer tötet sich selbst? Gott ist der Geber dieses Lebens! Niemand kann es nehmen außer Ihm! Wenn ich versucht hätte, mich umzubringen, hätte ich mich umgebracht, als ich in Ketten lag, hätte ich mich umgebracht, als der Krieg begann, hätte ich mich umgebracht, als ich vor den Augen meiner Familie von einer unbekannten Anzahl von Soldaten vergewaltigt wurde, hätte ich mich umgebracht, als ich im Exil war, in einem jordanischen Flüchtlingslager, oder als ich versuchte, unter welchen Schwierigkeiten auch immer, nach Europa zu kommen. Wie alt bin ich? Ich habe mich nicht umgebracht, als ich all diese Grausamkeiten und Folterungen erlebt habe, und ich wollte mich in diesem Raum vor ihnen umbringen? Was für eine Logik! Gott hat mir dieses Leben gegeben und nur er kann es mir nehmen. **Egal welcher Glaube, Gott ist eins!** Ich respektiere alle

Glaubensrichtungen, auch die Ungläubigen. **Jeder Mensch darf so leben, wie er will.** Niemand darf jemanden deswegen verurteilen. Niemand kann mich verurteilen, weil mein Glaube der Islam ist und ich Syrer bin. Welches Recht haben sie? Genauso wenig wie ich das Recht habe, jemanden zu verurteilen.

Es gab Krankenschwestern, die durch ihr Verhalten Patienten verletzt und geschädigt haben. Stellen Sie sich eine Kiste Tomaten vor, nicht alle sind faul, sie können auch gesund sein. Genau wie diese Krankenschwestern im Gesundheitssystem. Die Skrupellosen und Unbarmherzigen hatte ich nach und nach eliminiert, ich verstand nur ihre Sprache nicht, und weil ich sie nicht verstand, reagierten einige mit lautem Geschrei. **Ich verstand ihre Sprache einfach nicht, warum mussten sie schreien?** Ich war doch nicht taub! Ich signalisierte mit meinen Händen, dass ich nicht verstand, was sie sagten, und es hatte keinen Sinn, dass sie wütend wurden und es wiederholten. Ich hörte gut genug, aber ich verstand nichts, aber sie schrien trotzdem weiter, statt eine Lösung zu finden. Aber ich war nicht taub, ich höre gut.

Obwohl Jamelia schon vor Tagen um einen Dolmetscher/in für mich gebeten hatte, war immer noch keiner da. Es gab einen ehrenamtlichen Dolmetscher, der zwei- oder dreimal in der Woche zu den Menschen kam, die ihn brauchten. Aber da ich isoliert war, durfte er nicht auf meine Etage kommen.

Er musste ein beeidigter Dolmetscher sein. Ich war nicht derjenige, der den Staat in Verlegenheit brachte. Ich hätte mit dem ehrenamtlichen Dolmetscher sprechen und ihm sagen können, was nötig war. Ich war hier nicht mehr inhaftiert, und der Gedanke, *den Platz eines anderen einzunehmen, der ihn wirklich brauchte,* quälte mich. **Ich bestand darauf, entlassen zu werden.** In den ersten Tagen war ich sehr müde und brauchte Ruhe und Schlaf. Aber auch nach diesen Tagen verstand ich immer noch nicht, warum ich isoliert und hinter verschlossenen Türen war. *Welchen Sinn hatte es, dort zu bleiben, wenn ich nicht verstanden wurde?*

Kurz darauf ereignete sich eine weitere Tragödie, als eine Krankenschwester die Bettwäsche wechseln wollte. Sie forderte mich auf, aus dem Bett zu kommen. *Woher sollte ich wissen, dass sie vor der Tür mit mir sprach, ohne mir ins Gesicht zu sehen?* Weil sie vor der Tür stand, dachte ich, dass sie mit einer anderen Schwester sprach. Selbst wenn sie es mir ins Gesicht gesagt hätte, hätte ich nicht verstanden, was sie gesagt hat! Ein paar Wörter habe ich verstanden, es kam immer darauf an, wie man sie ausspricht. Nur Sätze bilden, dazu war ich sprachlich noch nicht in der Lage. Wie auch, ich hatte noch keinen Sprachkurs absolviert, weil ich noch auf meine Papiere wartete. Als ich sie endlich bekam, wurden wir keine drei Tage später mit mehreren Bussen in andere Unterkünfte gebracht. In meiner neuen Unterkunft hätte er erst beginnen sollen.

Ich kenne ihre Sprache noch nicht und kann sie auch nicht sprechen. Ich verstehe nicht, warum das in diesem Land nicht toleriert wird. **Dann schloss sie mit einem Ruck die Tür von innen, packte mich am Nachthemd und warf mich wütend und frustriert vom Bett auf den Boden. Wie eine Furie stürzte sie sich auf mich, riss mit aller Kraft an meiner Kopfbedeckung, griff mit ihren Händen in mein Haar, rollte es in ihren Fäusten und schlug meinen Kopf mit aller Wut mehrmals auf den Boden. Sie fing an, um Hilfe zu schreien, als ich auf das, was sie tat und warum sie es tat, reagierte. Nachdem sie einen Knopf im Zimmer gedrückt hatte, trat sie mir auf den Knöchel, so dass ich auf die Knie fiel. Sie warf mich zu Boden und legte mich auf den Bauch und drückte mit einer Hand auf meinen Rücken und mit ihrem Knie. Ich weiß nicht, wie viele Schwestern und Wachen daraufhin in den Raum stürmten. Ihre Wut und ihr Zorn hatten nicht nachgelassen, und sie drückte meine Hand mit ihren Knien.** Dann sagte sie etwas und übergab mich den Wachen. Sie schlugen mich in dem geschlossenen Raum, bis ich ganz blau war. Ich habe gar nicht begriffen, was passiert ist. Ich wusste nicht einmal, warum mich die Leibwächter schlugen.

Sie fesselten mich an mein Krankenbett, zerschlagen und zerschunden.

Zuerst wurden meine Hände einzeln, dann meine Füße an die Bettkante gefesselt. Als ob das noch nicht genug gewesen wäre, banden sie mir noch einen Riemen um die Schultern und Knie. *Ich war kein Angreifer, in welchen Zustand habt ihr mich gebracht?*

Ich wurde hierhergebracht, weil ich verwundet wurde, ich liege hier, damit Sie mir Medizin geben können, nicht damit ich noch mehr verwundet werde! Sie haben mir eine Spritze gegeben, damit ich schlafe. Ich weiß nicht, wann ich aufgewacht bin, aber als ich aufwachte, hatte ich starke Schmerzen am ganzen Körper. **Meine Augen waren geschwollen, so dass ich nicht sehen konnte, nicht weil ich sah, dass sie geschwollen waren, sondern weil ich es fühlte, denn meine Augen ließen sich nicht öffnen.** Obwohl ich meine Hände nicht berühren konnte, fühlte ich, dass meine Lippen geschwollen und aufgeplatzt waren. **Mit gefesselten Händen weinte ich auf meinem Bett.** *Warum verfolgte der Mensch den Menschen, tötete den Menschen, quälte den Menschen? Welchen von ihnen sollte ich bedauern? Wovor sollte ich die Augen verschließen? Vor welcher Folter und Grausamkeit kann ich noch die Augen verschließen?*

Ich konnte mir nicht einmal die Tränen abwischen, weil mir die Hände gefesselt waren. *Was war das für eine Menschlichkeit?* **Das war Unrecht und ein Verbrechen!** Ich schwor mir, das nicht hinzunehmen. Stell dir vor, in meinem Land ist Krieg und ich werde grausam gefoltert. Mir wurde klar, dass es im Krieg keine Gerechtigkeit gibt. Wahre Gerechtigkeit gibt es im Krieg. Da gibt es Regeln und Gesetze. *Aber was ist, wenn man mitten in Europa ist und gefoltert wird?* **In diesem Krankenhaus, in das ich als Verwundete eingeliefert wurde, blieb ich, um gesund zu werden, nicht um weitere Wunden zu bekommen!**

Die Krankenschwester, die mich entmenschlichte und gefolterte, brachte mir weiterhin meine Medikamente und zwang mich, sie zu trinken. Da meine Oberlippe geschwollen war, konnte ich nicht spüren, wie das Glas, das sie mir an den Mund hielt, meine Lippe berührte. Ich war immer noch mit meinem gefesselten Zustand beschäftigt. **Dann schaute sie mir ins Gesicht, lächelte verschmitzt und schüttete das ganze Wasser aus dem Glas über mein Gesicht. Nachdem sie sich vergewissert hatte, dass ich die Pille aus meinem Mund geschluckt hatte, spuckte sie mir zusätzlich in den Mund und ging.** Jedes Mal, wenn sie mein Zimmer betrat, fing sie an, mich zu misshandeln, mich zu schlagen, mich bei offener Tür zu kneifen oder mir wütend etwas zu erklären. Ich hatte sogar Spuren ihrer Fingernägel auf meinen Wangen. Ich erinnere mich, dass sie mir meine Tabletten in den Mund steckte und ihre Fingernägel in mein Fleisch drückte, als ob sie es untersuchen wollte. **Mein Gesicht war mit blauen Flecken übersät, obwohl ich keinen Ärger gemacht hatte.** *Wie konnte ich Ärger machen, wenn ich gefesselt war?*

Ich war nicht als aggressive Patientin eingeliefert worden, ich war verwundet, müde, ein Opfer des Krieges.

Diese Frau sollte niemals Krankenschwester werden! Sie hat keine Menschlichkeit. Sie hätte nie in die Nähe von Patienten gelassen werden dürfen. **Solche Leute sollten vor Gericht gestellt werden und die härteste Strafe erhalten.** Wenn man einem geschädigten Patienten noch mehr Schaden zufügt, kann man das weder Gesundheit noch Gerechtigkeit nennen! Das ist ein Verbrechen, und das Verbrechen muss bestraft werden!

Schicksal ist, wenn sich zwei finden,
die sich nie gesucht haben.

statt 1001 nacht – tausendundein tag

KAPITEL 12

Eines Tages überraschte mich Nurgül in meinem Zimmer und kam mit einer Krankenschwester, einer Frau, die ich noch nie gesehen hatte und die mir nett erschien. **Sobald Nurgül mich sah, hielt sie sich die Hand vor den Mund und sah mich an.** Sie schien unter Schock zu stehen. Dann kam sie immer näher zu meinem Bett, an das ich gefesselt war. Als ich sie so sah, tat ich mir zum ersten Mal selbst leid und fing an zu weinen. Ich dachte, *da kommt jemand zu mir, der mich versteht.* Sie muss gemerkt und gesehen haben, dass etwas nicht stimmt. Es war ja nicht so, dass man es nicht sehen konnte!

© Nurgül Sönmez

Ich hatte mich noch nicht in diesem Zustand gesehen, aber ich fühlte meinen Zustand nur durch meine Schmerzen. Dann ließ sie die andere Dame, die mir noch fremd war, zu mir kommen. Dann zog sich Nurgül zurück und lehnte sich erschrocken an die Wand. **Die Schwester verband zunächst meine offenen Wunden mit dem, was sie bei sich hatte.** Inzwischen merkte sie, dass ich der deutschen Sprache nicht mächtig war und versuchte sich mit Gesten so zu erklären, dass ich sie verstand. Wir lernten uns kennen, indem wir unsere Namen sagten: Ich bin Liya und ich bin Palmira. **Am liebsten hätte sie mir die Hände und Füße losgebunden, aber dann hätte sie großen Ärger mit dem Gericht bekommen.** Sie strich mir über die Haare und wischte mir die Tränen weg. Schwester Palmira gab mir ein Zeichen, mich kurz zu sammeln, und verließ leise mit einem tränenden Lächeln auf dem Gesicht mein Zimmer. Nurgül folgte ihr.

Als sie zurückkam, hatte sie ein Handy in der Hand und machte Fotos von all meinen Wunden, wo ich Gewalt erfahren hatte. Sie ging leise weg, wieder mit einem traurigen Lächeln. **Kurze Zeit später kam sie wieder, aber diesmal nicht allein. Sie hatte eine Akte unter dem Arm und eine Pflegerin, die Arabisch sprach.** Die Dame, die ich für eine optimistische Krankenschwester gehalten hatte, entpuppte sich als Oberärztin. Ich hätte sie von nun an **Dr. Palmira** nennen müssen, wie sich das gehörte. Sie kam nicht mit leeren Händen in mein Zimmer, sondern mit einer Tonbandkassette.

Die Schwesternhelferin, sozusagen die Assistentin der Oberärztin, sollte als Dolmetscherin fungieren und aufzeichnen, was ich sagte. Zuerst lernte ich die Assistentin kennen, sie sagte, sie heiße Dia. Die Ärztin entpuppte sich als Türkin. Wieder lächelte mich ein Türke an und half mir. Das Sprichwort "Der Türke steht auf der Seite der Unterdrückten" hat sich in mein Gehirn eingebrannt.

In meinem Zimmer stand nur ein Stuhl, den die Oberärztin an mein Bett zog. "Wollen Sie sich setzen?", fragte sie **Schwester Dia.** Als diese antwortete: "Nein, bitte setzen Sie sich", setzte sich Dr. Palmira neben mein Bett. Zuerst wurde ich gefragt, ob ich damit einverstanden sei, dass meine Stimme als Beweismittel auf Tonband aufgenommen wird. Natürlich war ich damit einverstanden! **Aber ich merkte, dass ich wegen der Verletzungen, die ich erlitten hatte, Schwierigkeiten hatte, überhaupt zu sprechen.** Meine Lippen waren geschwollen, aber ich konnte verstehen, was ich sagte. Wir probierten einige Laute und die Oberärztin, Doktor Palmira, fragte mich ganz offen: **"Bist du bereit?"** Ja, ich war bereit.

"Nachdem ich das Tonband eingeschaltet habe, lege ich es dir auf den Bauch, und dann werde ich dir die notwendigen Informationen über den Inhalt der Akte geben und dir Fragen stellen", sagte sie.

Sie bat mich, mich zu konzentrieren.

"Was dir passiert ist, ist ein strafrechtlich relevantes Verhalten. Ich werde versuchen, die Sache mit den uns zur Verfügung stehenden Beweisen aufzuklären", sagte sie.

Ich vertraute ihr. Leider sagte sie, dass sie mich gefesselt lassen müsse, bis wir ein gerichtliches Ergebnis hätten. Aber sie versprach, es würde nicht lange dauern.

"Dia wird alles, was ich sage, in deine Sprache übersetzen. Sie wird alles, was du sagst, für mich ins Deutsche übersetzen."
"Jetzt geht's los", sagt sie, und streicht mir weiter durchs Haar.

Dr. Palmira: "Ich bin Oberärztin in der Klinik für Neurologie und Psychiatrie, mein Name ist Palmira. Ich befinde mich im Zimmer 102 der geschlossenen psychiatrischen Abteilung, dem Zimmer von Liya, die schwerwiegende Gewalt und körperliche Verletzungen durch das Personal und die Angestellten unseres Krankenhauses erlitten hat. Ich fand ihr Gesicht geschwollen und geprellt vor, ihre Hände und Füße waren ans Bett gefesselt, und als ob das noch nicht genug wäre, hatte man ihr auch noch Gurte um die Schultern und Knie gelegt. Als Kriegsopfer willigten wir ein, dass sich unsere Patientin Liya noch einige Tage in unserem Krankenhaus erholen konnte. Um genauere Informationen zu erhalten, haben meine ärztlichen Kollegen und ich gemeinsam entschieden, dass sie in unserem Krankenhaus bleiben sollte".

(Sie sprach über Akteninformationen, eine kurze Zusammenfassung der Kriegsereignisse usw.).

Die Assistentin Dia, die gerade im Zimmer ist, spricht dieselbe Sprache wie unsere Patientin Liya. Daher wird sie als Dolmetscherin fungieren, um die Informationen an die Patientin weiterzugeben. Sie erklärt auch, dass sie diese Aufnahme bezeugen wird.

Eine Freundin, die nicht in unserem Krankenhaus arbeitet, hat mich über mein privates Telefon kontaktiert. Sie wollte Liya unbedingt besuchen, aber da es sich um eine geschlossene Abteilung handelte, konnte sie nicht. Ich bat sie, zu mir zu kommen, damit wir sie gemeinsam besuchen könnten. Nachdem sie angekommen war, wollten wir gemeinsam einen unangemeldeten Besuch bei Liya machen, einer Patientin, die gerade erst einige Monate vorher eingeliefert worden war.

Als ich in ihr Zimmer kam und sie in einem sehr schlechten Zustand vorfand, musste ich eingreifen. Da wir nicht dieselbe Sprache sprachen, war mein erster Gedanke, meine Assistentin Dia zu bitten, mir als Dolmetscherin zu helfen. Sobald ich das Zimmer verlassen hatte, rief ich sie an und bat sie, mich in ihrer Freizeit zu besuchen. Glücklicherweise war sie sehr hilfsbereit und kam sofort. **Ich halte das, was ich gehört habe, für unmenschlich und verlange eine sofortige Untersuchung.**

Ich übergebe das Wort an Liya, die meine Fragen beantwortet, während unser Dolmetscher übersetzt, wie auf dem Tonband zu hören ist.

Liya: "Es fällt mir etwas schwer zu sprechen, und das möchte ich gleich zu Beginn betonen. Als ich das erste Mal im Flüchtlingsheim ankam, wurde ich in dieses Krankenhaus eingewiesen, um psychologisch behandelt zu werden. Nach den ersten Untersuchungen wurde ich ins Krankenhaus überwiesen. Ich dachte, *dass ich in diesem Krankenhaus Salbe für meine Wunden finden würde,* aber ich erlebte das Gegenteil. Ich wurde in die geschlossene Abteilung eingewiesen. Obwohl man mir sagte, es würde nur ein oder zwei Tage dauern, wurde ich hier wochenlang festgehalten. Die Dolmetscherin, die ich im Flüchtlingsheim kennengelernt hatte, kam immer, um mir zu helfen. Aber jetzt kommt sie nicht mehr. Ich weiß nicht, ob sie nicht reingelassen wird, weil ich auf der geschlossenen Etage bin.

Ich beherrsche die deutsche Sprache nicht, eigentlich überhaupt nicht. Seit dem Tag meiner Ankunft habe ich nur ein paar Worte gelernt. Ich war noch nie in einem Sprachkurs. Oder besser gesagt, ich weiß nicht, ob ich das Recht dazu hatte. Ich habe drei kleine Söhne. Sie sind noch im Flüchtlingsheim. Ich würde gerne lernen, aber ich weiß, dass es eine Frage der Zeit ist. Deshalb brauchen wir im Moment die Assistentin Dia. Ich bin ihr sehr dankbar.

Als ich ankam, habe ich die meiste Zeit geschlafen, weil ich sehr müde war und Medikamente bekommen habe. Nachdem ich mich ausgeruht und genug geschlafen hatte, fühlte ich mich voller Energie und dachte, *dass sie mich aus diesem Zimmer holen könnten.* Ich fühlte mich ausgeruht und bereit für die Therapiesitzungen. Ich erzählte das meiner damaligen Dolmetscherin, und sie gab das, was ich gesagt hatte, an alle weiter, die sich dafür interessierten. Dann bemerkte ich, dass mich die Medikamente schläfrig und schwach machten, so dass ich mich schwach und kraftlos fühlte. Ohne zu widersprechen, sagte ich in einer angemessenen Sprache: "Ich möchte diese Medikamente nicht nehmen, sie sind zu schwer für mich", und Jamelia sagte schließlich: "Die Medikamente sind offensichtlich zu schwer. Können Sie die Dosis reduzieren?", bat Jamelia. Als sie sah, dass sich an meinem Zustand nichts änderte, wusste sie, dass ihre Bitte nicht erhört worden war.

Jamelia, die für mich einen Dolmetscher beantragt hatte, erzählte mir, dass sie den Antrag ausgefüllt hatte. Damals wollten ehrenamtliche Dolmetscher helfen, aber da die Etage geschlossen war, durfte nur ein vereidigter Dolmetscher hinein. *Wenn ich hier nicht über meine Verletzungen sprechen konnte, welchen Sinn hatte es dann, hier zu bleiben oder stationär aufgenommen zu werden? War ich hier, um meine Verletzungen zu verschlimmern?* In diesem Fall wäre es nicht nötig gewesen einzugreifen, ich wäre bei meinen Söhnen geblieben. Ich frage nach meinen Söhnen, mit denen ich nicht einmal mehr kommunizieren kann:

Wo sind sie? Was machen sie gerade?

Seit dem Tag meiner Einlieferung beschimpft mich eine Krankenschwester, die auf dieser Etage arbeitet. **Ich verstehe nicht, was sie sagt, und sie fängt an, mich anzuschreien. Aber ich bin nicht taub! Wir sprechen nur nicht dieselbe Sprache.** Von Tag zu Tag wurde ihr Verhalten vor den anderen besser, und von Tag zu Tag wurde ihr Verhalten zwischen uns beiden hässlicher.

Was das Krankenhauspersonal tat, war unvorstellbar! Das Verpflegungspersonal ging, nachdem es mein Essen in meinem Zimmer gelassen hatte. Während der Mahlzeiten wurden meine linke Hand und mein linkes Bein von einem männlichen Pfleger losgebunden. Das Essen wurde mir gereicht, damit ich mich hinsetzen konnte, unter der Bedingung, dass meine rechte Hand und mein rechtes Bein gefesselt blieben. Nachdem der Pfleger dies getan und mein Zimmer verlassen hatte, kam die Person, die das Essen ausgeteilt hatte, wieder in mein Zimmer. Beim Frühstück nahm er mir das Brot vom Teller und hinterlegte mir Salamischeiben. Beim Mittagessen verhielt er sich ähnlich unfreundlich. Jamelia hatte diktiert, dass ich als Muslim nicht alles essen dürfe, und dementsprechend wurde mein Essen verteilt. Nachdem ich zu Mittag gegessen hatte, kontrollierte der Pfleger mein Essen, löste meine Fesseln und verließ den Raum. Alles passierte, nachdem er weg war. Heimlich kam der Caterer mit einem anderen Tablett und änderte mein Essen. Statt vegetarischer Gerichte fand ich ein Menü mit Schweinefleisch auf meinem Teller.

Entweder tauchte ich meine Gabel in Kartoffelpüree ohne Soße oder ich versuchte, mich an Obst, Salat und Kuchen satt zu essen, die es nebenbei gab. Das war besser als nichts, ich jammerte nicht. Ich war oft hungrig, aber ich dachte, *dass es dafür eine Belohnung geben müsste, dass bald ein Wunder geschehen würde.* Das Abendessen war normal, da es von einem anderen Mitarbeiter verteilt wurde. Das Personal morgens und mittags tat dies erst, als ich gefesselt war. So auch die Krankenschwester, die zu dieser Zeit arbeitete. Ich hatte das Gefühl, dass sie sich gegenseitig über mich informieren wollten. Ich merkte auch, dass sie sich kannten, wenn sie sich ab und zu unterhielten.

Wegen unseres Sprachunterschieds haben mich viele Krankenschwestern im Krankenhaus angeschrien. Ich kann sie alle erkennen und auf sie zeigen, wenn ich sie sehe. Ein weiterer Vorfall:

Die Schwester, die mich am Kragen gepackt und aus dem Bett gezogen hat. Sie schubste mich, packte mich an den Haaren und schlug meinen Kopf gegen die Wände, den Boden und das Metallbettgestell. Unzählige Male wurde ich geohrfeigt, aber das letzte Mal war das letzte Mal. *Eigentlich hätte ich schon beim ersten Mal eingreifen müssen,* aber da ich ihre Sprache nicht sprach, konnte ich mich nicht beschweren.

Sie hat mich reingelegt und ihre Position missbraucht. Nachdem sie die Sicherheitskräfte gerufen und etwas gesagt hatte, von dem ich nicht weiß, was es war, ließ sie mich verprügeln. Seit diesem Tag bin ich ans Bett gefesselt.

Ich bin ganz blau und habe Schmerzen. Ich beschwere mich über diese Krankenschwester. Ich kenne ihren Namen nicht, aber ich erkenne sie, wenn ich sie sehe. Außer ihr behandeln mich noch zwei oder drei andere Krankenschwestern so. Sie schreien mich die ganze Zeit an, schauen auf mich herab und machen mich schlecht, weil ich ihre Sprache nicht spreche. Bei der obligatorischen Verabreichung von Medikamenten haben sie ihre Fingernägel in meine Wangen gebohrt. Die Spuren sind immer noch auf meiner Wange und werden wohl eine Erinnerung bleiben. Ich werde ständig gequält, sie drehen mir die Finger, zwicken mich, beißen mich ins Fleisch, schubsen mich. Sie alle haben den Gesichtsausdruck eines Tyrannen.

Als ich gefesselt auf meinem Bett lag, betrat Dr. Palmira unerwartet mein Zimmer. Durch ihren Blick und ihren Gesichtsausdruck verstand ich besser, dass mein Zustand nicht normal zu sein schien. Es war offensichtlich, dass sie einen solchen Anblick nicht erwartet hatte, als sie den Patienten sah. Sie bedeckte ihren Mund mit der Hand und trat an mein Bett. Dr. Palmira war die erste Person in diesem Krankenhaus, die mich wie einen Menschen behandelte. Jetzt versucht sie, mich zu verteidigen, indem sie meine Tonbandaufnahme mitnimmt und ihren eigenen Arbeitsplatz riskiert. Ich möchte Frau Palmira von ganzem Herzen danken, das ist alles, was ich im Moment zu sagen habe".

Dr. Palmira: "Vorläufig lege ich diese Tonaufnahme und die Fotos, die ich gemacht habe, dem Gericht als Beweismittel vor".

Ich weinte, und Dr. Palmira versuchte, mich zu trösten, indem sie mir über die Haare strich. Sie war so jung, dass ich sie für eine Krankenschwester hielt, als ich sie zum ersten Mal sah.

"Lass uns keine Zeit mehr verlieren. Ich ertrage es nicht, dich noch länger so gefesselt zu sehen. Schwester Dia wird bei dir bleiben, bis ich zurückkomme. Bist du jetzt bereit für diese langsame Reise, Liya?", fragte sie.

Ich antwortete: "Frau Doktor, ich habe schon so viele Phasen durchgemacht, ich bin mehr als bereit dafür".

Die Ärztin verließ den Raum mit dem Tonband und der Akte.

Eine halbe Stunde später kam sie wieder. Dieses Mal hatte sie die Polizei dabei. Sie spielte ihnen das Tonband vor und ließ sie zuhören. Andere Ärzte wollten in den Raum. Darunter waren auch Ärzte, die mir Gewalt angetan haben, die diesen Zustand ignoriert und dagegengehandelt haben. Ich erzählte dies der Krankenschwester Dia, die es ins Deutsche übersetzte und die Polizei informierte. Ich wurde gebeten, ihnen zu zeigen, welche Ärzte das waren. Das tat ich und ihre Aussagen sollten aufgenommen werden.

Polizei: "Nun, haben Sie diese gewalttätigen Personen heute gesehen oder ist einer von ihnen in Ihr Zimmer gekommen? Kennen Sie ihre Namen? Würden Sie sie wiedererkennen, wenn Sie sie sehen würden?"

Liya: "Ja, ich habe heute einen von ihnen gesehen, er kam in mein Zimmer und hat mich wieder gefoltert und unmenschlich behandelt. Ich würde sie alle wieder erkennen, wenn ich sie sehen würde, und ich würde auch die Wärter wieder erkennen, die in mein Zimmer kamen und mir diese Gewalt angetan haben. Ich wurde hier nicht als aggressive Patientin aufgenommen, sondern als verwundetes und verletztes Kriegsopfer. Statt mit Mitgefühl und Liebe behandelt zu werden, hat man meinen vielen Wunden noch unzählige weitere hinzugefügt."

Ich weinte wieder.

Die Arzthelferin betrat den Raum mit einem Zettel in der Hand. Nachdem sie Frau Palmira den Zettel gegeben hatte, sagte sie: "Gute Nachrichten, wir können Ihre Hände und Arme mit einem Gerichtsbeschluss losbinden."

Als ich sie losbinde, beginnen die Augen der Frau Doktor zu tränen. Auch sie muss von meinem Verhalten berührt gewesen sein, denn sie konnte ihre Tränen nicht zurückhalten. Insgeheim versuchte sie, sich die Tränen abzuwischen, um sich ihre Rührung nicht anmerken zu lassen. Endlich wurde ich losgebunden.

Die Polizisten fragten: "Haben Sie ein Foto vom Personal auf dieser Etage?" Sie sagten, es gäbe Fotos von allen Mitarbeitern. "Nun, steht in der Akte, wer sich um die Patientin Liya kümmert?", fragten sie, und die Antwort war, dass das nicht in der Akte steht, sondern auf einem Schild im Schwesternzimmer. Dieses Schild wurde überprüft. "Ich möchte Kopien aller dieser Schilder von dem Tag, an dem Liya eingeliefert wurde, bis heute", sagten die Polizisten. Unter den Krankenschwestern herrschte hektische Betriebsamkeit. Die Tür zu meinem Zimmer stand offen, ich konnte die Leute vorbeigehen sehen, und da es sich um eine geschlossene Etage handelte, liefen natürlich keine Besucher durch die Gänge. *Wenn nicht einmal die Patienten ihre Zimmer verlassen durften, wer konnte dann noch herumlaufen, außer den Beamten und dem Personal?*

Als der Raum wieder ruhig war, erzählte mir Dr. Palmira, dass sie eine schöne Überraschung für mich habe. Sie sagte, **dass sie mich aus der geschlossenen Etage in das Zimmer neben ihrem Büro im zweiten Stock bringen würde und dass von nun an Schwester Dia meine persönliche Krankenschwester sein würde, die sich um mich kümmern würde.** Ich war froh über diese Nachricht. Sie riet mir, dass es besser sei, hier zu bleiben, bis meine schweren Verletzungen von der Gewalttat verheilt seien. Obwohl sie mir sagte, ich solle mir keine Sorgen machen, wir hätten viele ehrenamtliche Dolmetscher, machte ich mir keine Sorgen, außer um *meine Kinder.* Meine Gedanken kreisten nur um sie.

Von denen, die mich hier aufgenommen hatten, gab es keine Nachricht über Jamelia und die Dame vom Sozialdienst, deren Namen ich nicht kannte. Ich war sehr aufgeregt und sprach mit Dr. Palmira darüber, bevor ich das Zimmer wechselte. Ich wollte mit Jamelia sprechen, während die Polizisten ihre Durchsuchung in der geschlossenen Etage fortsetzten. Als ich Frau Palmira sagte: "Jamelias Handynummer steht auf einem Zettel in der Tasche meiner Alltagskleidung", rief sie die Krankenschwestern und bat sie, mir meine Kleidung zu bringen. Meine Kleidung wurde gebracht, aber da meine Alltagskleidung gewaschen war, war die Telefonnummer auf dem Zettel nicht mehr lesbar. Auf meine Frage: "Warum haben Sie sie gewaschen?", murmelten sie untereinander: "Sie müssen voller Keime sein, deshalb haben sie sie gewaschen". Schwester Dia übersetzte das Gespräch für Dr. Palmira sofort ins Deutsche. Ich dachte, *das Gute würde siegen*. Natürlich griff die Oberärztin sofort ein, reagierte schrecklich und intervenierte.

Dr. Palmira war von vielen hilfsbereiten Menschen umgeben. Sie gab jedem von ihnen Anweisungen, die von allen befolgt wurden. **Sie war eine sehr einflussreiche Oberärztin.** Unerwartet kam der Chefarzt. Während alle Ärzte standen, ging er auf Frau Palmira zu.

Chefarzt: "Was ist los, Frau Doktor? Ist es wahr, was ich höre? Wir müssen sofort herausfinden, wer das getan hat. Ich kann nicht zulassen, dass sie noch eine Sekunde länger in unserem Krankenhaus bleibt."

Sie zogen sich auf ihre Zimmer zurück.

Natürlich erfuhr ich erst später von diesen Gesprächen, nicht dass ich verstanden hätte, was sie murmelten.

Eines der wichtigsten Dinge,
die man im Leben lernen kann,
ist zu meistern „ruhig" zu bleiben.

KAPITEL 13

Sie begann mit den Vorbereitungen, um mich in den zweiten Stock zu bringen. Um von meinem Zimmer zum Aufzug zu gelangen, mussten wir durch den Flur gehen. Ich war inzwischen so ängstlich geworden, dass ich, wenn jemand an mir vorbeiging oder sich plötzlich von hinten näherte, zusammenzuckte und mich sehr erschreckte. Das wollte ich natürlich überwinden. *Wer weiß, was mir diese Krankenschwester erzählt hat, dass die Wachen, die Schwestern und Pfleger so reagiert haben.* Ich war nicht aggressiv! Wenn die Schwester die Bettwäsche wechseln wollte, hätte sie freundlich in mein Zimmer kommen, mir mit der Hand die Bettdecke zeigen und mit einer Geste zu verstehen geben können, dass sie sie wechseln will. Wenn ich nicht sofort aufgestanden wäre, hätte ich ihr sogar angeboten, ihr die Decke aus der Hand zu nehmen und sie selbst zu wechseln, um sie nicht zu belasten. Als sie mich immer lauter anschrie, sagte ich in meiner Muttersprache: "Ich bin nicht taub, bitte Schreien Sie nicht! Nur weil wir nicht dieselbe Sprache sprechen, müssen Sie nicht schreien", worauf sie mich mit Tritten und Ohrfeigen attackierte. Dann kam es, wie es kommen musste. Der Raum war voller Leibwächter und Pfleger und Pflegerinnen. Nur weil wir nicht dieselbe Sprache sprechen, bin ich doch nicht taub!

Was für eine Ansicht, was für ein Gedanke ist das?

Auf dem Weg in mein neues Zimmer sagte ich zu Schwester Dia: "Ich werde das alles genau so weitergeben. Es ist gut, dass du das in den Sprachaufnahmen gesagt hast. Aber du solltest erst einmal bei mir bleiben. Ich hoffe, wir werden uns darum kümmern", sagte sie. Es fiel mir schwer zu stehen und zu gehen, denn sie schlugen mich am ganzen Körper mit ihren Fäusten und, als ich müde wurde, mit einem Knüppel. **Schwester Dia setzte mich in einen Rollstuhl.** Die Türen zum zweiten Stock waren offen, und es standen keine zwei bewaffneten Wächter davor. Die Patienten konnten ohne Probleme durch die Gänge gehen. Am Eingang zu meinem Zimmer musste ich kein Passwort mehr eingeben. Man konnte sofort eintreten, wenn man die Tür öffnete. **Die Betten waren anders, der Inhalt des Zimmers war anders, die Fenster konnten geöffnet werden, man konnte fernsehen, es war ganz anders als auf der geschlossenen Station. Es gab einen Schreibtisch, einen Schrank und zwei Stühle. Es war also ein Krankenzimmer, wie wir es kennen.** Aber es war klar, dass die Leute, die hierherkamen, das Zimmer sehr schön und geräumig eingerichtet hatten, weil sie lange blieben.

Etwas verstand ich trotzdem nicht. *Wie konnte man mich in so eine geschlossene Etage stecken, ohne mich anzuhören, ohne mit mir zu sprechen? Bin ich ein Kinderschänder? Ein Terrorist? Ein Serienmörder?*

Nein, nein, nein, nein...

Für diejenigen, die diese Untaten begehen, ist ein solcher Platz angemessen.

Ich bin ein Opfer des Krieges. Ich wollte nur verarbeiten, was ich erlebt hatte. Ich wollte nicht nachts mit Albträumen aufwachen, aufgeschreckt durch den ohrenbetäubenden Lärm von Bomben und Schüssen. Ich wollte auch nicht von Soldaten überfallen werden, während ich von Soldaten gejagt wurde. Ich wollte nur meine Alpträume loswerden. Ich wollte keine neuen Albträume bekommen.

In dem Zimmer war ein Ganzkörperspiegel. Ich trug ein spezielles Nachthemd, das dem Krankenhaus gehörte. **Ich stellte mich vor den Spiegel und betrachtete die Wunden an meinem Körper.** Selbst ich konnte mir nicht vorstellen, wie schlimm sie waren. Überall hatte ich blaue, lila, grüne und andere farbige Flecken. Von den Beinen bis zu den Armen, von den Oberschenkeln bis zum Rücken. Mein Gesicht war geschwollen und blau, mit offenen Wunden, die aufgeplatzt waren. Mein Gesicht war völlig entstellt und mein Kopf schmerzte. Als ich mit der Hand über meinen Kopf fuhr, fühlte ich auch die verkrusteten Wunden. Ich konnte mir nicht vorstellen, dass ich in einem so schrecklichen Zustand war, weil ich es im ersten Stock nicht gesehen hatte. Ich konnte es nicht einmal erahnen. Während ich mich noch im Spiegel betrachtete, kam eine sehr nette und freundliche Krankenschwester in mein Zimmer. Und neben ihr stand natürlich Schwester Dia.

Schwester Jenny: "Hallo Liya. Ich bin Schwester Jenny. Willkommen in deinem neuen Zimmer. Dr. Palmira hat mich geschickt. **Es tut mir so leid, wer dir das angetan hat, muss ein wildes Biest gewesen sein.** Ich möchte, dass sie so schnell wie möglich bestraft werden. Wenn es dir nichts ausmacht, kann ich mir deine Wunden ansehen, sie sind schrecklich, schrecklich, schrecklich...

Ich weiß nicht, was ich sagen soll. Du wirst jetzt einer Reihe von Untersuchungen unterzogen. Bitte bereite dich jetzt darauf vor. **Wir brauchen einen Bericht über jeden Zentimeter deines Körpers.** Ich bin hier, um mich um deine unmittelbaren Bedürfnisse zu kümmern. Außerdem möchte ich mit dir den Tagesablauf und die Regeln der Diensttage besprechen. Das ist nicht schwer. Möchtest du eine Tasse Kaffee oder Tee, während wir reden?"

Liya: "Hallo Schwester Jenny. Ich bin sehr zufrieden, du bist sehr freundlich. Glaub mir, deine Art ist im Moment sehr gut für mich. Wenn ich mich geirrt habe, kann ich das verstehen, aber ich habe mich nicht geirrt, also möchte ich, dass sie bestraft werden. **Alles, was ich brauche, sind meine Kinder.** Ich will nichts anderes, weder Essen noch Trinken, wenn es sein muss. Bring mir nur meine Kinder. Danke, natürlich halte ich mich an die Regeln und den Tagesablauf. Ich werde nie gegen die Regeln verstoßen. Ich werde alles tun, was du sagst. Danke, Schwester Jenny.

Dann brachte mir Schwester Jenny ein paar Kleider zum Anziehen. Es waren wohl alte Kleider von Patienten aus dem Krankenhaus. Ich musste sie nehmen, weil ich sie brauchte. In meinem Zimmer war eine Duschkabine. Sie gehörte nur dem Patienten im Zimmer. Ich konnte einen Arm überhaupt nicht bewegen und es tat sehr weh. Sie half mir beim Duschen und beim Anziehen der Kleidung, die sie mitgebracht hatte. Das Lächeln von Schwester Jenny war nicht gespielt. Man konnte sehen, dass sie ein optimistischer Mensch war. **Sie war tröstlich. Nach all der unmenschlichen Behandlung und dem Bösen, das ich gesehen hatte, war dies das Lächeln, das meine Wunden heilen würde.** Sie kämmte und flechtete mir liebevoll das Haar.

Als ich anfing, über die Regeln und den Tagesablauf zu sprechen, kam eine andere Krankenschwester ins Zimmer. Sie brachte mich zur Computertomographie, zur Kernspintomographie und zum Röntgen. Zusammen mit zwei Ärztinnen wurde jeder Zentimeter meines Körpers fotografiert. Ich war schwer verletzt. Nach all den Untersuchungen hat mich niemand schlecht behandelt. Alle waren sehr nett zu mir, und alle behandelten mich mit Schuldgefühlen. Aber nur Verbrecher sollten sich schuldig fühlen. Für sie gab es keinen Grund dafür. Das spürte ich bei allen Ärzten und Krankenschwestern.

Es dauerte nicht lange, bis Schwester Jenny mit einem Tablett mit heißem Kaffee, zwei Scheiben Kuchen und einer Banane in mein Zimmer kam. Zuerst aß ich, als hätte ich nicht gesehen, was sie mir gebracht hatte. Ich war sehr hungrig, und da sie mir immer wieder das Essen wegnahmen, war ich auf 39 kg heruntergehungert. **Diese Grausamkeit war unmenschlich, Schwester Jenny war sich dessen bewusst. Sie, die sich nichts hatte zuschulden kommen lassen, konnte ihre Tränen vor Schuld nicht zurückhalten.** Das war es, was Menschsein bedeutete. Sie war sehr ruhig und geduldig und wich nicht von meiner Seite, bis meine Mahlzeit zu Ende war. Schwester Dia wurde meine Zunge, mein Sprachrohr. Mein Körper war erschöpft, nachdem ich so viel gegessen hatte, und man half mir, mich auf das Bett zu legen. Im Bett schlief ich sofort ein.

Dr. Palmira kam lange nicht in mein Zimmer. Als ich aufwachte, hatte Schwester Dia ihre Mutter um Essen gebeten und es ins Krankenhaus bringen lassen. Ich traute meinen Augen nicht, ich war so hungrig, es war unvorstellbar. **Sie hatte an alles gedacht, von der Suppe über das Hauptgericht bis zum Nachtisch.** Als Schwester Jenny das sah, verließ sie den Raum und versuchte, ihre Tränen vor mir zu verbergen. Sie tat mir leid, was für eine seltsame und merkwürdige Situation. Ich war so müde, dass ich, nachdem ich mir abends noch einmal Gesicht und Hände gewaschen hatte, bis zum Morgen schlief. Ich konnte nicht im ersten Stock schlafen, weil ich Angst hatte. Ich hatte keinen richtigen Schlafrhythmus. Wenn sie nachts in mein Zimmer kamen, hatte ich Angst, dass sie mich quälen würden. In dieser Nacht konnte ich zum ersten Mal trotz meiner Schmerzen die Augen schließen und ruhig schlafen.

Als ich morgens aufwachte, stand Dr. Palmira in meinem Zimmer. Sie lächelte mich an und sagte: "Guten Morgen". Da ich dieses Wort im Flüchtlingsheim gelernt hatte, sagte ich ihr auf Deutsch "Guten Morgen". Sie gab mir ein Zeichen, dass sie kommen würde und verließ das Zimmer. Als sie wiederkam, brachte sie eine junge Frau zum Übersetzen mit. Auch sie war Krankenschwester. "In einer Demokratie sind die Mittel nicht erschöpft". "Wir brauchen nicht unbedingt einen vereidigten Dolmetscher, um miteinander auszukommen. **Man kann sich auch mit Körpersprache verständigen, wenn es sein muss.** Solange es Menschen sind", sagt die junge Oberärztin, Frau Palmira, deren Name mir sehr gut gefällt. Palmira, was für ein schöner Name! Wie sie selbst.

Sie nahm die Akte, die auf dem Tisch lag, in die Hand und sagte: "Wir wollten Ihren Schlaf nicht unterbrechen, eigentlich hätten wir sofort eingreifen müssen. Aber auf meine Anweisung hin wollten wir, dass du erst einmal schläfst. Wenn du müde bist, fangen wir mit der Behandlung an", sagte sie. Sie sagte mir noch, dass mein Arm gebrochen sei und eingegipst werden müsse. Deshalb hatte ich große Schmerzen und konnte ihn nicht bewegen. Meine offenen Wunden hatte sie an diesem Tag schon verbunden. **Aber sie berichtete mir, dass sie noch mehr schmerzhafte Nachrichten hatte.** Ich hatte einen Schädelbruch und musste dringend operiert werden. Sie verglichen es mit den Untersuchungen, die gemacht worden waren, als ich zum ersten Mal ins Krankenhaus kam, und da war es noch nicht da. Er war offensichtlich durch die Gewalt der Leibwächter entstanden. "Während der Operation wirst du nichts merken. Vielleicht hast du ein paar Tage Schmerzen, wenn du aufwachst. Aber wir müssen dich erstversorgen, um weitere Schäden zu vermeiden", sagte sie entschlossen. Ich widersprach nicht, denn Dr. Palmira wusste genau, was richtig und was falsch war. Was sie sagte, war, was getan werden musste. Punkt!

"Bevor du in den Operationssaal gebracht wirst, werden dir Fotos vom Personal gezeigt. Die Polizisten stehen vor der Tür, hab keine Angst, wir sind für dich da. **Sie sind für dich da, sie sind hier, um dich zu beschützen und die bösen Jungs und Mädchen dorthin zu bringen, wo sie hingehören.** Sie werden bald damit konfrontiert werden, wir müssen uns zuerst um dieses Problem kümmern, damit die Ermittlungen ohne Unterbrechung weitergehen können", sagte sie. Sie muss es gesagt haben, weil ich Angst hatte. Da war Dr. Palmira, die sich um mein Wohlergehen kümmerte, und ihr ganzes Team. Sie standen Seite an Seite und gaben mir ein Gefühl der Sicherheit. Seit langer Zeit, vielleicht zum ersten Mal, habe ich ein solches Gefühl erlebt. Sie waren so sicher und warm wie ein Vaterhaus. Ich möchte ihnen danken.

Die Polizisten wurden in mein Zimmer gebracht und ich zeigte ihnen diejenigen, die ich auf den Fotos erkennen konnte. Nachdem sie ihre Adressen identifiziert hatten, konnte ich sagen, dass das, was passiert war, wirklich passiert war.

Ich konnte alle Personen wiedererkennen, bis auf die Leibwächter, von denen es insgesamt sieben gab. Die Leibwächter arbeiteten für eine Agentur, die sie identifizierte und ausfindig machte. Der Fall wurde sofort vor ein öffentliches Gericht gebracht. Es gab auch Anklagen wegen Rassismus. **Diejenigen, die geschwiegen und das Verbrechen beobachtet hatten, trugen ihren Teil dazu bei.** Während all das geschah, wurde ich operiert. Das war mehr als drei Wochen her, aber ich konnte meinen Kopf immer noch nicht heben. Ich wurde sehr gut gepflegt und war von guten Menschen umgeben.

Dr. Palmira gelang es, Jamelia, die Dolmetscherin, zu finden. Sie kam ein paar Mal, wenn ich nicht da war. Sie sprachen über meine Kinder. Ihre Antwort war immer: Ich weiß es nicht. Dann hat sie die Dame vom Sozialdienst angerufen und ihren Namen erfahren. Sie hatte keine Zeit zu kommen, also bat sie sie, es aus der Ferne zu tun. Sie hatten meine Kinder. Ich hatte keine Ahnung, wie es ihnen ging und bei wem sie waren. **Als Mutter kann ich nicht erklären, wie schmerzhaft das ist.** Es spielt keine Rolle, welcher Rasse man angehört. Denn in der Mutterschaft spielt die Rasse keine Rolle. Eine Mutter ist eine Mutter!

Wer dir nicht zuhören will,
tut es auch nicht, wenn du schreist.

Und wer dich verstehen will, tut es auch,
wenn du nicht sprichst.

statt 1001 nacht - tausendundein tag

KAPITEL 14

Ich war über einen Monat hier. Mit Dr. Palmira und ihrem Team habe ich mich sehr gut verstanden. Sie waren Balsam für meine Seele. **Sie kümmerten sich um meine Angelegenheiten mit der Ausländerbehörde und allen anderen sozialen Diensten.** Dr. Palmira erzählte mir, dass ihr Bruder gerade sein Jurastudium abgeschlossen habe und nun als Anwalt in der Kanzlei ihres älteren Bruders arbeiten würde. Beide sagten, sie würden mir gerne helfen und meinen Fall übernehmen. Ich stimmte gerne zu. Nachdem ich meine Vollmacht unterschrieben hatte, brauchte ich nicht mehr ständig zum Gericht zu gehen. Es war, als hätten sie sich bereit erklärt, auch mir zu helfen. Sie haben mir sehr geholfen und mir nie etwas erspart. Ich danke ihnen allen.

Dia, die Krankenschwester, ging in die Flüchtlingsunterkunft, um zu sehen, wo meine Kinder waren, denn ich machte mir ständig Sorgen. Als sie herausfand, dass sie nicht mehr dort waren, rief sie die Oberärztin Dr. Palmira an, um mir die Nachricht zu überbringen. Als ich diese schmerzliche Nachricht hörte, verlor ich den Verstand und fing an, mir die Haare auszureißen und heftig zu weinen. Ich weiß nicht, was aus mir geworden ist, ich bin lange nicht zu mir gekommen. Fast monatelang.

Dr. Palmira sagte mir immer wieder, dass man, wenn man sich selbst verliert, akzeptieren muss, dass man auch seine Kinder verloren hat. Diesen Satz habe ich mir eingeprägt und sie half mir, wieder auf die Beine zu kommen. **Von Tag zu Tag kämpfte ich härter, ich stand auf, von Tag zu Tag kletterte ich höher und höher.** Ich habe nie aufgehört, nach meinen Kindern zu suchen. Zu den Bombenexplosionen, den zerfetzten Menschen, den Soldaten, die Menschenfleisch aßen würden, gesellten sich meine Kinder zu meinen Albträumen. Diese Alpträume nahmen kein Ende. Ich wollte meine Kinder unbedingt finden.

In meinen späteren Jahren lernte ich einige sehr optimistische Menschen kennen. Neben Schwester Jenny gab es noch viele andere optimistische Schwestern. Silke, Thomas, Andrea, Lena, Monika... Ich könnte noch viele aufzählen. Dr. Palmira wusste das sehr gut. Hätte man mich in diesem Zustand entlassen oder in ein Flüchtlingsheim geschickt, wäre das mein mögliches Ende gewesen.

"Du bist hier, bis es dir besser geht, schöne Frau", sagte sie zu mir.

Dr. Palmira fragte mich eines Tages während der Behandlung, was meine Zukunftspläne seien. Ich antwortete: "Meine Kinder zu finden und sie bei mir zu behalten und ins deutsche Parlament zu gehen, um Rechenschaft über den Einsatz von Waffen aus deutscher Produktion im Syrienkrieg". Meine Familie ist mit deutschen Waffen getötet worden. Der Arzt versuchte, mir das freundlich zu erklären.

"Die Waffen könnten aus deutscher Produktion stammen. Sie könnten in Deutschland gekauft worden sein. Das muss man aus geschäftlichen Gründen in Betracht ziehen. Aber eine deutsche Waffe kann nicht von selbst Ihre Familie töten. Das ist ein brutaler Mensch, der das getan hat, und der sollte zur Rechenschaft gezogen werden."

Auf seine Weise hatte er Recht, und was er sagte, machte für mich Sinn. Aber die 12 deutschen Lastwagen waren randvoll mit kriegswichtigen Waffen, Handfeuerwaffen, Gewehren und Bomben. *Hätte man sie mitten in den Krieg schicken sollen?* Ich hätte es nicht geglaubt, wenn ich es nicht mit eigenen Augen gesehen hätte. Ich habe es mit meinen eigenen Augen gesehen. Und die amerikanischen Soldaten und Panzer haben sie beschützt und vorangebracht. Ist das nicht unglaublich? *Sind sie gekommen, um Demokratie zu bringen? Bringen sie so Demokratie? So wie sie es in Afghanistan, Pakistan, Iran, Irak und Palästina getan haben? Ist das ihr Verständnis von Demokratie?*

War es ihr Ziel, das eigene Volk gegen das eigene Volk aufzuhetzen, es als Bürgerkrieg darzustellen und das Volk durch die von ihnen entsandten Soldaten zu massakrieren? Ich bin jung und verstehe nichts von Politik. Ich denke und sage nur, was ich gesehen habe.

"Und wirst du dich erleichtert fühlen, wenn du in den Bundestag gehst?", fragte Dr. Palmira. "Ja, meinen Sie nicht auch, dass sie die Ergebnisse ihrer Waffenproduktion an einem lebenden Beispiel sehen und hören sollten?", fragte ich.

"Nein, nein, ich bin dem deutschen Volk keineswegs böse. Im Gegenteil, ich kann ihnen nicht genug danken. Sie haben so viele Exilanten aus ihrem Land aufgenommen, ihre Grenzen geöffnet und ihnen ein Dach über dem Kopf gegeben. *Wie könnte ich da wütend sein?* Ich habe so wunderbare Freundschaften geschlossen, voller Liebe, Respekt und Mitgefühl. Ich will nicht, dass Sie so denken, und ich will auch nicht, dass Sie so denken. Denn es gibt kein solches Problem. Ich habe mir ein Ziel gesetzt: Ich will mein Ziel erreichen, mit oder ohne Schönheit, und mein Leben mit meinen Kindern in der Türkei fortsetzen".

Als ich das sagte, schien Dr. Palmira ein wenig nachzudenken.

Sie sagte, sie müsse ein paar Telefonate führen, verließ den Raum und würde es mir später erklären. Ich würde warten, das war für mich in Ordnung. Solange es noch Hoffnung gab. Noch bevor ein paar Tage vergangen waren, erzählte mir Dr. Palmira, dass sie durch ihren Mund murmelte. Sie sagte mir, dass die Schwester ihres Mannes in der Politik sei und dass sie mich, wenn schon nicht im Parlament, so doch in einer Partei unterbringen würde, wo ich meine Meinung sagen könnte.

Da sich diese Partei für die Flüchtlingsschutzgesetze interessiere, könne es nicht schaden, meine Probleme zu äußern. Außerdem erkundigten sich seine Anwaltsbrüder nach dem Verbleib meiner Kinder. Sie ließen mich eine weitere Vollmacht unterschreiben. Sie versprachen mir, dass sie meine Kinder nicht allein lassen würden. **Das war eine gute Nachricht.** Ich hatte das Gefühl, dass es vorbei war, aber nichts davon war eingetreten. Nun begann der eigentliche Kampf um meine Kinder.

Manchmal ist es gar nicht unser Körper,
der müde ist, sondern unsere Seele.

statt 1001 nacht - tausendundein tag

KAPITEL 15

Die Monate vergingen und ich wurde 22 Jahre alt. Zumindest dachte ich das. Wären die Daten damals korrekt erfasst worden, wäre ich mir sicher gewesen. Ich fühlte mich achtundvierzig, fünfzig Jahre alt. Ich war völlig erschöpft! **Von meinen Kindern hörte ich nichts Gutes, im Gegenteil, es war, als hätten sie sich in Luft aufgelöst.** Die so genannte wohlwollende Dame vom Familien- und Sozialdienst, die optimistisch zu sein schien, hatte meine Kinder zur Adoption an deutsche Familien freigegeben. Welche Familien sie bekommen haben, wird noch untersucht. *Wer weiß, in welchem Zustand sie waren, meine tapferen Kleinen, meine Kinder. Wie konnten sie ohne meine Erlaubnis eine solche Entscheidung treffen? Nur weil ihre Mutter im Krankenhaus lag? Werden die Kinder jeder Mutter, die im Krankenhaus liegt, zur Adoption freigegeben? Was ist das für eine Entscheidung? Wie kann eine Mutter so eine Entscheidung ertragen?* Sie sind meine Lebensquelle. Sie sind meine Söhne, mein Ein und Alles. Mein Reichtum, mein Besitz, mein Schatz, mein Widerstand. *Warum stand ich ohne sie da?*

Immer wieder wurde mir gesagt, ich solle durchhalten, wir seien fast am Ziel. *Aber wie hält eine Mutter das aus? Welche Mutter hält das aus? Wem wurden sie gegeben, wo sind sie, wollten sie gegeben werden, wollte ich sie weggeben?* Dieser Schmerz war ein Gast an einem offenen Ort in meinem Schoß, unendlich. Er kam wie ein frecher Gast und ließ sich an meinem Herd nieder. Nur eine Mutter kann so etwas empfinden. Mein Herz brannte und ich konnte die Therapiesitzungen, an denen ich teilnahm, kaum noch wahrnehmen. Es war, als ob ich ein und aus ginge.

Meine Eingeweide waren voller Schmerzen, als ob sie überlaufen und anschwellen würden. Dr. Palmira sagte mir, dass sie mich in dieser Zeit nicht aus dem Krankenhaus entlassen wollten. Denn meine Genesung würde erst beginnen, wenn ich diese Phase überstanden hätte. Sie sagte, dass ich mich während dieses Prozesses Tag für Tag mit meinen alten Wunden auseinandersetzen müsse. Und auf ihre Art hatte sie Recht. **Sie war der Meinung, dass ich nicht in der Lage sein würde, den Schmerz meiner Kinder zusätzlich zu meinen alten Wunden zu ertragen.** Als ich wieder mit meinen Kindern zusammen war, würde ich Tag für Tag mit meinen alten Wunden kämpfen. Um all das ertragen zu können, musste ich mich den Wunden meiner Vergangenheit stellen. Meine Sitzungen waren wirkungslos, denn die Tage vergingen, ohne dass ich es merkte. Das Schlimmste war, dass das deutsche Amt für Familie und Soziales dem Gericht mitgeteilt hatte, dass sie noch nie von einem solchen Fall gehört hätten und dass es in ihren Akten keine Kinder mit diesen Namen gäbe. Die Polizei hatte alle Akten durchsucht, aber nichts gefunden.

Ich erfuhr, dass die 150 Flüchtlinge, die bei mir in der Flüchtlingsunterkunft untergebracht waren, auf andere Flüchtlingsunterkünfte in ganz Deutschland verteilt worden waren. Dank meiner Anwälte wurde mit Hochdruck weiter ermittelt. Schließlich fanden sie die Frau, die dort arbeitete, und zeigten sie bei der Polizei an. "Ich weiß nicht, ich kenne sie nicht", sagte sie immer wieder. Ich sagte ihr, dass sie in meiner ersten Zeit im Krankenhaus gewesen sei, und da sie Dienst gehabt habe, müsse ihr Name gefallen sein. Sie waren die einzigen Besucher außer Ihnen. Um sie zu finden, müssen Sie die Besucherlisten von vor ein paar Jahren durchgehen", sagte ich. Die Suche ging los, und schließlich wurde ihr Name gefunden. Sie konnte mir nicht mehr entkommen. Ich wollte es so lange versuchen, bis sie mir meine Kinder gab. Wir waren in der Hand von Kinderhändlern. **Die Wohnung der Frau wurde durchsucht, und als man sie fand, wurde sie verhaftet.** Ich war meinen Kindern einen Schritt näher. Ich konnte überhaupt nicht mehr an meine Sitzungen denken. Ich war kurz davor, den Verstand zu verlieren, wer weiß, was mit ihnen passiert ist. Sie waren richtige Kinderhändler, ich musste meine Kinder so schnell wie möglich finden.

Während des Verhörs gab die Polizistin mehrere Adressen an. Es war nicht klar, an welche Familien sie die Kinder übergeben hatten, da sie keine Namen und Informationen hatten. Der Anwalt und die Anwältin waren überrascht. Sie erklärten, dass sie zum ersten Mal mit einem solchen Fall zu tun hatten. Es war erschreckend. Ja, das war es. Sogar das Gerichtspersonal nickte bei diesem Fall. Er war von einem geschlossenen in einen offenen Prozess umgewandelt worden. **In jedem Gerichtssaal wimmelte es von Journalisten.** Jetzt brauche ich nicht mehr in den Bundestag zu gehen und meine Fragen zu stellen.

Die Journalisten waren schon vorher in Scharen gekommen. **Sogar vom deutschen Lokalfernsehen sind sie gekommen, um zu berichten.** Sie stellten mir Fragen und interviewten mich. Ich konnte all den Schmerz ausdrücken, der zu einer Wunde in mir geworden war. **Aber ich habe diese Nachricht auf keinem Sender gesehen. Obwohl es hieß, dass es zu diesem Zeitpunkt auf diesem Sender ausgestrahlt werden würde, wurde es nicht gesendet.** Die Anwälte haben auch danach gefragt, aber sie sagten, es sei nicht veröffentlicht worden. Natürlich können sie solche realistischen Worte nicht auf die Bildschirme und in die Zeitungen bringen. Sie veröffentlichen keine Nachrichten, die der deutschen Gesellschaft die Augen öffnen. Sie können sie nur mit den falschen Nachrichten ablenken, die sie jeden Tag verbreiten. *Wenn das so ist, fällt mir ein anderes Beispiel ein.* Seit ich aus der Türkei nach Deutschland gekommen bin, habe ich noch nie einen deutschen Sender gesehen, der eine richtige Nachricht gesendet hat. Ich bin aus Syrien, mitten im Krieg! Wer kann da eine richtige Nachricht bringen, die natürlich die Wahrheit kennt! Ich habe mich gefragt, für wen all diese Sender arbeiten, wenn sie jeden Tag mit falschen Nachrichten gefüttert werden. **Im Islam ist kein Platz für Terror!** Es gibt keinen Platz für Terrorismus in irgendeiner Religion. Es ist nicht notwendig, viel zu diesem Thema zu sagen, aber ich möchte noch einmal betonen, dass Terrorismus nirgendwo Platz hat.

Verlieren... Wenn man im Leben etwas verliert, was einem wirklich viel bedeutet hat, dann ist es so, als würde man ein Stück von sich selbst verlieren.

KAPITEL 16

Einige Wochen waren vergangen, als mich Dr. Palmira frühmorgens in aller Eile weckte. Sie sagte mir, ich solle mich schnell anziehen, ich zog mich in aller Eile an und wir verließen das Krankenhaus. Als ich sie fragte, was passiert sei, sagte sie immer wieder: "Das erzähle ich dir unterwegs". Nachdem wir mit ihrem Auto weggefahren waren, fragte ich sie weiter, was passiert war. **Die Adressen, an denen sich meine Kinder aufhielten, waren herausgefunden worden.** Die Polizei würde dort eine Razzia durchführen. Die Schwester und der Bruder des Anwalts waren schon unterwegs. Er sagte mir, dass die Polizei nicht wusste, dass ich dort sein würde und dass wir vorsichtig sein sollten. Aber als sie sagte, sie wolle mir diesen Moment nicht vorenthalten, kamen ihr die Tränen.

Als wir an der angegebenen Adresse ankamen, stellte sie das Auto ruhig ab und gab mir strenge Anweisungen, nicht aus dem Auto auszusteigen. Sie bat mich, es zu versprechen, und ich sagte, ich würde es versprechen, aber wenn mein Kind vor mir stünde, wüsste ich nicht, ob ich es vor lauter Aufregung halten könnte. Ich würde mein Bestes geben, meine Aufregung war groß. Nachdem ich eine Weile im Auto gewartet hatte, kam die Polizei. Es wurde geklingelt und eine Frau öffnete die Tür. Es war offensichtlich, dass es sich um eine reiche Gegend handelte. In Syrien sehen unsere Frauen älter aus, als sie sind, weil sie in einer anderen Umgebung aufgewachsen sind, aber in Deutschland war das nicht so. Ehe wir uns versahen, drückten die Polizisten die Frau plötzlich an die Wand, legten ihr Handschellen an und setzten sie ins Polizeiauto.

Wir schauten fassungslos zu, kein Kind weit und breit. "Nein, nein, ich bringe dich ins Krankenhaus, du kannst das nicht mit ansehen", sagte Dr. Palmira zu mir. Die ganze Zeit versuchte sie, mich zu beruhigen. **Als sie die Wohnung durchsuchten, fanden sie mein Kind nicht.** Was sie fanden, war das entführte Kind eines anderen. Es war ein schrecklicher Kindernetzwerk. Wer weiß, wie viele andere Kinder durch ihre Hände gegangen sind. Als wir im Krankenhaus ankamen, gaben sie mir ein Beruhigungsmittel und ich schlief ein. Als ich wieder aufwachte, war die Entscheidung einstimmig gefallen. Sie sagten mir, dass sie mich erst über den weiteren Verlauf informieren würden, wenn sie Beweise gefunden hätten.

Wenn so viele Kinder in ihre Hände gefallen waren, warum wurde dieser Vorfall nie auf dem Bildschirm gezeigt? Diese und ähnliche Fragen gingen mir immer wieder durch den Kopf. Ich war hilflos, die besten Anwälte waren auf meiner Seite. **Selbst der Richter nickte zustimmend.** In dieser Situation wurde mir klar, dass ich auf dem richtigen Weg war. Anstatt mich noch mehr zu zerstören, begriff ich, dass ich auf den Rat meiner Ärzte hören musste. Wenn ich wieder gesund werde, könnte ich meinen Kindern eine bessere und stärkere Mutter sein. **Ich musste mich auf den Moment vorbereiten, in dem ich wieder mit meinen Kindern vereint sein würde.** Natürlich würden sie heute und morgen gefunden werden. Ich war hilflos und hatte Schmerzen, als wäre ich mitten im Krieg. Ich wusste nicht, wie ich in diesem Zustand wieder gesund werden konnte, aber ich würde es versuchen.

Der schlimmste Schmerz, ist der,
den du niemanden erklären oder zeigen kannst.

KAPITEL 17

Es waren etwa zwei Monate vergangen. Aufgrund eines Hinweises wurden zwei Kinder ausfindig gemacht. **Da die Kinder identifiziert werden mussten, wurde ich zur Polizeistation gerufen, um als Mutter zu überprüfen, ob es sich um meine Kinder handelte.** Aufgeregt machte ich mich so schnell wie möglich auf den Weg. Schwester Jenny und ich gingen zusammen. Die Polizeistation war etwa zweieinhalb Stunden entfernt. **Mein Herz klopfte, als würde es gleich stehen bleiben, und auf dem ganzen Weg kamen Gebete aus meinem Herzen.** Als wir endlich auf der Polizeistation ankamen, wurden wir zuerst einer Personenkontrolle unterzogen. Die gefundenen Kinder waren nicht auf der Polizeistation. Sie waren an einem sicheren Ort untergebracht. Mir wurden ihre Fotos gezeigt, und als ich sie sah, fing ich an, das Bild meiner Kinder zu küssen und daran zu riechen. Ich schrie und brach in Tränen aus, was für den Polizeichef die authentischste Aussage war. **Natürlich bin ich nicht so geworden, damit sie sich so fühlen.** Als ich meine Söhne sah, verlor ich meine Selbstbeherrschung und verhielt mich wie jede Mutter. Ich konnte nicht anders, als mich in diesem Moment zu verlieren.

Ich wartete einige Stunden, dann sah ich meine Kinder am Anfang des Korridors auf mich zukommen, und ich rannte auf sie zu. Auch wenn ich dabei stolperte und hinfiel, machte mir das nichts mehr aus. Ich wollte sie so schnell wie möglich umarmen. **Als ich meine beiden Babys umarmte, fühlte ich immer noch einen Schmerz.** Eines war verschwunden.

Mohamed und Ali waren gefunden worden. **Mein Omar war immer noch weg.** Ich war sicher, dass wir ihn auch finden würden. Ich dachte, *ich hätte jetzt meine Kinder,* aber der Polizist sagte, sie würden sie dem Amt für Familie und Soziales übergeben, weil ich keine eigene Wohnung hätte und immer noch im Krankenhaus lag. «Nein! Nein!», schrie ich aus Leibeskräften, «sie haben mir meine Kinder schon weggenommen. *Warum soll ich sie ihnen noch einmal überlassen? Warum nur?* Ich will meine Kinder zurück», schrie ich weiter. Sie sagten mir, ich solle mich beruhigen, ich versuchte mich zu beruhigen, aber wie sollte das gehen? Sie sagten, wenn ich einen eigenen Haushalt hätte, würden sie mir meine Kinder sofort geben. Das würde das Gericht entscheiden, nicht wir.

Wir fuhren mit gebrochenem Nacken und Schmerzen zurück ins Krankenhaus. Natürlich hatten sie Recht. *Wollte ich meine Kinder in eine psychiatrische Klinik bringen?* Zuerst musste ich natürlich entlassen werden. Wir sprachen mit Dr. Palmira und den anderen Ärzten. Eine der Ärztinnen sagte, dass ihre Kinder ein Haus hätten und wir in das Haus ziehen könnten, in dem ihr Sohn lebte. In der Zwischenzeit würden ihre Kinder im oberen Stockwerk ihres Elternhauses wohnen. Sie hat das mit ihrem Sohn besprochen und er war einverstanden. Er sagte seiner Familie, die oben wohnte, dass wir einziehen könnten. **Sie alle versuchten, alles so schnell wie möglich zu regeln.** Sie waren sich alle einig und taten ihr Bestes, um die Dinge zu beschleunigen.

Einige Tage später wurde mir mitgeteilt, dass ich bald entlassen würde. Die Dame, die im Sozialdienst des Krankenhauses arbeitete, sagte mir, dass ich einziehen könne, sobald meine Haushaltsanträge und Behandlungen fertig seien. **Sie hatten dafür gesorgt, dass ich ein Einkommen hatte, bis hin zur Beantragung der staatlichen Unterstützung.** Als alle Verfahren abgeschlossen waren, konnte ich in die Wohnung einziehen. In der Zwischenzeit waren meine Anwälte nicht untätig. Sie haben alles getan, damit ich mit meinen drei Söhnen wiedervereint werden konnte. Ich bin ihnen allen zu großem Dank verpflichtet. *Wie kann ich es ihnen zurückzahlen?*

Ich wurde entlassen, zum ersten Mal lebte ich in einer eigenen Wohnung. Ich kann nicht genug sagen. **Sie haben mich sogar zu einem Deutschkurs angemeldet.** Die Familie von Dr. Enders, in deren Haus ich eingezogen bin, war eine sehr hilfsbereite Familie. Sie haben mich wie ihr eigenes Kind aufgenommen. Sie erkundigten sich nach meinen täglichen Bedürfnissen und kümmerten sich um mich. Sie brachten mich zur Schule und wieder nach Hause. Sie interessierten sich so sehr für mich, dass ich es kaum glauben konnte. Sie waren eine sehr aufrichtige Familie. Natürlich hatten sie auch Mitleid mit mir. Sie hatten zwei Söhne und eine Tochter. **Nicht nur einer, sondern alle waren so gute Menschen!** Ich bin allen sehr dankbar.

Wir würden in den nächsten Tagen eine Gerichtsverhandlung haben. Noch bevor ich meine Söhne wiedersehen konnte, hatten sie sie in Sprachkursen und Schulen angemeldet und sich um sie gekümmert. Mein Ziel war es, in die Türkei zurückzukehren. **Auch wenn ich nicht dauerhaft in Deutschland bleiben wollte, musste ich mich an die Gesetze und Regeln halten.** Meine Söhne waren schulpflichtig und mussten ihre Bildung gesetzeskonform fortsetzen, um nicht gegen die Schulpflicht zu verstoßen. **Außerdem hatte Bildung Priorität.** So mussten wir uns durchschlagen, bis ich meinen Omar fand, der mir alle zwei Wochen meine Söhne vorstellte. Wir küssten uns und rochen an uns, aber wir hatten keine Gelegenheit, uns zu unterhalten, und die Zeit verging wie im Flug. Aber das macht nichts! Auch für diese kurze Zeit war ich bereit. Solange ich meine Söhne sehen konnte.

Endlich haben wir von meinen Söhnen erfahren. **Meine Söhne wurden mir per Gerichtsbeschluss zugesprochen.** Die Welt gehörte mir. Der Einzige, der fehlte, war Omar, aber sie hörten nie auf, nach ihm zu suchen. Er war der Jüngste, er muss etwa fünf Jahre alt gewesen sein. *Mein Omar, mein lieber Sohn. Was, wenn er sich nicht mehr an mich erinnert, es ist fast drei Jahre her? Vielleicht hat er sich an das Leben in der Familie gewöhnt, in die er gegeben wurde.* Davor hatte ich Angst, große Angst. Bald kam die gute Nachricht, sie hatten meinen Omar gefunden. Aber es war unfassbar und mir war passiert, was ich befürchtet hatte. Er wollte mich nicht, ich zweifelte damals nicht an der Familie. Aber sie hatten nichts damit zu tun. Sie sagten, sie hätten ihn adoptiert.

«Er wurde uns gegeben, weil er keine Familie hatte, er hat seine ganze Familie im Krieg verloren. Deshalb haben wir uns liebevoll und aufrichtig um ihn gekümmert. **Wir haben versucht, ihn wie unser eigenes Kind großzuziehen**», sagten sie.

Als mein Omar plötzlich seine richtige Mutter vor sich sah, fragte er mich auf Deutsch: «**Ich habe eine Mutter, wer bist du?** Und es klang, als wollte er mich anschreien. Was sollte ich in so einer Situation tun? Die Adoptivfamilie hatte mich nie als unattraktiv empfunden, sie schien mich zu akzeptieren, obwohl ich verschleiert war. Die Frau, die meinen Omar bemutterte, war Lehrerin, ihr Mann Maschinenbauingenieur. Mein Sohn akzeptierte seine Adoptivfamilie und begann, mich abweisend anzuschauen. **Er drückte aus, dass er nicht akzeptierte und ablehnte, dass ich seine Mutter war.** In dieser Ecke meines Herzens brach ein Feuer aus, das angefacht wurde und nicht mehr zu löschen war. Ich brannte innerlich.

Deutschland hat mir mit seinen Waffen nicht nur meine Familie genommen. Sie nahmen mir auch meinen Sohn.
Nach ein paar Jahren konnte Omar seine Muttersprache nicht mehr sprechen. Er sprach nur noch Englisch und Deutsch. Er würde nicht einmal wissen, dass es seine Mutter gab, deren Herz brannte, oder dass es seine Brüder Mohammed und Ali gab. *Was sollte ich tun?* Bleiben ist eine Sache, gehen eine andere.

Ich war hilflos, und es fiel mir sogar schwer, der neuen Familie meine Kontaktdaten zu geben. Denn die Situation machte mich fassungslos. Mein eigenes Kind wollte nicht zu mir zurückkommen. Es war, als würde ich es spüren. Ich dachte, *dass mir so etwas passieren würde.* Und meine Befürchtung war wahr geworden. Es ist das Herz der Mutter, sie fühlt es.

Wir begannen, die Situation so zu besprechen, dass meine Söhne sie verstehen konnten. Gemeinsam beschlossen wir, ihren Frieden nicht zu stören. Meine Söhne waren für ihr Alter sehr weise und reif. Sie waren Kinder, die den Krieg erlebt hatten. Es war unmöglich, dass sie nicht reif waren. Wir waren nicht unschlüssig, ob wir bleiben oder gehen sollten. Wir hatten die neue Familie um Erlaubnis gebeten, meinen Sohn Omar zu sehen und uns vor unserer Abreise von ihm zu verabschieden. **Sie gaben uns die Erlaubnis, ihn zu sehen, und als brennende Mutter musste ich mich von meinem Sohn verabschieden.** Obwohl er wusste, dass wir kommen würden, versteckte er sich hinter seiner neuen Mutter, die er akzeptiert hatte, umarmte sie fest und klammerte sich an ihr Bein. Als er uns sah, war es sehr schwierig, sich so zu verhalten. Schließlich war es das Herz der Mutter.

Seine neue Mutter hatte sich für diese Situation viel Mühe gegeben.

«Schau, mein Sohn, das ist deine Familie. Sie ist deine Mutter und die anderen sind deine Brüder. Bitte sei nicht so.

Sie sind gekommen, um dich zu sehen. Schau, wir werden in die Türkei reisen, um sie zu sehen. Wir werden in Kontakt bleiben.

Sie versuchte, ihn mit einer moderaten Herangehensweise zu überzeugen. Wir tranken unseren Kaffee, sie waren sehr gastfreundlich und die Dame war ein netter Mensch. Mein Sohn Omar fing an, sich mit uns anzufreunden. Er unterhielt sich und spielte mit seinen Brüdern. Das machte mich sehr glücklich. Ich fühlte mich etwas beruhigt. Wir vereinbarten, in Kontakt zu bleiben. Meine eigene Nummer konnte ich noch nicht angeben, da ich nicht für immer in Deutschland bleiben wollte. Ich dachte, *wir würden heute oder morgen abreisen.* Die Dame gab mir alle ihre Informationen, von der Adresse bis zu den Telefonnummern. Sie sagte auch, dass wir sie anrufen könnten, wann immer wir wollten. «Du bist eine Mutter, ich verstehe das sehr gut, du kannst mit ihm sprechen, wann immer du willst», sagte sie.

Da sie die Adoption legal durchgeführt hatten, untersuchte die Polizei die Adoption meines Sohnes Omar. Das Gericht entschied, dass sie alles legal gemacht hatten und es keine Probleme gab. Als das Gericht so entschied, war unser Hals in der Schlinge. Mein Sohn wurde mir unrechtmäßig weggenommen, aber er wurde rechtmäßig von einer sehr guten Familie adoptiert. **Seine Familie hat sogar versucht, uns zu unterstützen.** Wir sprachen darüber, wie gut sie für meinen Sohn sorgen würde, dass sie mich nicht verschonen würde.

Als ich aufstand, fragte sie mich, ob ich etwas wolle. *Was konnte ich mir als Mutter mit einem brennenden Herzen wünschen?* Ich wollte nur, dass mein Sohn friedlich und glücklich ist und dass er uns nicht vergisst.

Sie versprachen, dass sie ihn jedes Jahr mitbringen und uns wieder zusammenbringen würden. Ich war voller Hoffnung, selbst dieser Satz gab mir als Mutter so viel Hoffnung! Natürlich wäre es mir lieber gewesen, ihn bei mir zu haben, aber ich wusste, dass ich die Sache sensibler angehen musste, weil ich sah, dass er in guten Händen war. Als ich ging, war es, als würde ein Stück von mir herausgerissen. Ich ging, ohne mich umzudrehen, aber ich fühlte einen Schmerz, als würde mir das Innere herausgerissen.

© Nurgül Sönmez

Behandle Menschen nicht so schlecht, wie sie sind,
sondern so gut, wie du bist.

statt 1001 nacht – tausendundein tag

KAPITEL 18

Mein Arzt, meine damaligen Gastfamilien, Schwester Jenny, Schwester Dia, Dr. Palmira, Dr. Enders, Dr. Walter, Schwester Magda, Pfleger Rainer und andere unterstützten unsere Rückkehr in die Republik Türkei von ganzem Herzen. Alle waren sich einig, sie nahmen uns unter ihre Fittiche. **Was für schöne Menschen um mich herum waren, mehr als ich je zuvor gesehen hatte.** Ich würde lügen, wenn ich sagen würde, dass ich nicht mit dem Gefühl gekämpft habe, dass wir nicht gehen sollten, nachdem wir so viele Freunde gefunden hatten. Aber unsere Entscheidung war unsere Wahl, und wir hatten von Anfang an beschlossen, nicht für immer hier zu bleiben. Ich hatte meine Gründe, hierher zu kommen, ich habe mich darum gekümmert, und dann war es Zeit zu gehen.

Die Rassisten, die mich angegriffen und schwer verletzt haben, sind verurteilt und verhaftet worden. Sie wurden auch zu einer Geldstrafe verurteilt. So habe ich einen Pauschalbetrag erhalten. Das würde uns bei der Rückkehr helfen. Als wir einen Pauschalbetrag bekamen, dachte ich natürlich, dass ich das dem Staat melden sollte. Ich meldete, dass Sie uns nicht mit Geld helfen müssen, ich hatte einen Pauschalbetrag. Ich will nichts, was mir nicht zusteht.

Ich wurde ins Krankenhaus gerufen, wo mir der Sozialbeamte sagte, dass wir Deutschland nicht verlassen könnten. Er hatte sich sehr bemüht, aber ohne Erfolg. «Das liegt daran, dass Sie keine Pässe haben», sagte er und fragte uns, warum und wieso nicht. Er ging in unserem Namen zur Einwanderungsbehörde, aber sie sagten, sie könnten nichts tun. Wir mussten beim syrischen Konsulat einen Pass beantragen. **Während des Krieges wollte uns das Konsulat keine Pässe ausstellen.** Vor allem, weil wir das Land verlassen hatten, erkannten sie ein solches Recht nicht an. Ich musste es versuchen, ich musste diesen Fall unbedingt weiterverfolgen. Die Anwaltsbrüder von Dr. Palmira waren wieder da. Ich hatte gehofft, dass es vielleicht mit ihrer Hilfe möglich wäre, aber ich bekam immer wieder Absagen. Immer wieder hieß es: «Versuchen Sie es noch einmal».

Wir waren so lange in Deutschland, dass wir gute Freunde gefunden haben, die alle sehr herzlich waren und uns sehr nahestanden. **Diese Liebe wurde zu einer Familienfreundschaft. Sie alle hatten einen besonderen Platz in meinem Herzen. Sie waren wie ein Hafen, in den ich mich nach dem Krieg flüchten konnte.** Sie versuchten und bemühten sich wie eine Mutter, meine Wunden zu heilen. Als Ergebnis all dieser Bemühungen hat das Konsulat 2017 endlich zugestimmt, uns einen Pass auszustellen. Ich habe keine Ahnung, warum sie das taten, aber es bedeutete nichts, dass wir den Pass bekamen. Wir mussten ihn bei der Einwanderungsbehörde einreichen und ihn bearbeiten lassen, bis wir einen Pass und eine Aufenthaltsgenehmigung hatten. Als wir unsere endgültige Rückkehr erwähnten, gaben sie uns nicht die Erlaubnis, Deutschland zu verlassen. Das hat 3-4 Wochen gedauert, aber das war normal. Ich habe diese Zeit genutzt, um eine schöne und gesunde Zeit mit meinen guten Freunden zu verbringen. Zwei meiner Söhne waren bei mir und einer bei seiner neuen Familie. **Wir haben auch viel Zeit mit meinem Sohn Omar verbracht. Gerade als er sich an uns gewöhnt hatte, rückte die Abreise immer näher.** Ich hatte ständig Angst, dass wir wieder auf ein Hindernis stoßen würden.

Dann war es soweit, die Einwanderungsbehörde hatte uns eine Mail geschickt und uns über den Termin informiert. Nachdem wir die Formalitäten bei der Einwanderungsbehörde erledigt hatten, wollte ich meinen Sohn Omar noch einmal in die Arme schließen, bevor wir gingen. Dank seiner neuen Mutter war er damit einverstanden, und als ich merkte, dass er ein sehr guter Mensch ist, fühlte ich mich zunehmend erleichtert. Obwohl ich ihn zurückließ, hatte ich nicht mehr so viele Zweifel wie vorher. **Ich wollte meinem Sohn die Paradiesvögel meiner Kindheit anvertrauen und Deutschland verlassen.**

Eine Hütte in der man lacht,
ist besser als ein Palast in dem man weint.

KAPITEL 19

Dr. Palmira rief mich an und sagte, ich hätte Besuch. Meine enge Freundin war zu mir gekommen. Sie sagte, wir hätten uns im Flüchtlingsheim kennen gelernt, und ihr Name ist Dir bekannt, Nurgül Sönmez. Als sie mit mir im Schwesternzimmer auf der Etage sprach, wo ich im Krankenhaus lag, kamen meine Freundinnen, die sie gehört hatten, und erzählten es mir. Sie hinterließ auch ihre Telefonnummer. Sie sagte, sie wolle mich treffen. Ja, ich erinnere mich an diese Frau, sie war Türkin. Sie war voller Mitgefühl, ich habe ihr Gesicht nie vergessen. Sie kam wohl aus Sorge ins Krankenhaus. **Ich war sehr froh darüber, denn ich hatte viel darüber nachgedacht, weil sie mir versprochen hatte, zu kommen, als ich das erste Mal im Krankenhaus war.** Ich dachte, *sie hätte ihr Versprechen gehalten.*

Ich rief sofort Schwester Dia an und bat sie, für mich zu übersetzen, und sie hielt es für wichtig und eilte herbei. Wir hatten zu einem ungünstigen Zeitpunkt angerufen, aber sie ließ alles stehen und liegen und sprach mit mir. **Der Grund, warum sie ins Krankenhaus kam, war, dass sie sehr besorgt auf mich war, sie rief mich oft an und ich ging ihr seit diesem Tag nicht mehr aus dem Kopf.** Sie kam oft als Besucherin ins Krankenhaus, als ich noch in der geschlossenen Abteilung lag. Sie sagten, sie dürften nicht rein und schickten sie weg, aber sie sagten mir natürlich nichts davon. Ich möchte mich gar nicht mehr an diese Etage des Krankenhauses erinnern, es war eine Katastrophe...

Sie war sehr neugierig auf mein Leben und meine Geschichte. Als ich sie fragte, warum, sagte sie, sie sei Schriftstellerin. Sie erzählte mir, dass sie Geschichten aus dem wirklichen Leben zu ihrem Thema gemacht und aufgeschrieben habe. Sie sah mich im Flüchtlingsheim und erkannte, dass ich voller Schmerz war. Deshalb sagte sie, **sie wolle meine Geschichte aufschreiben** und fragte mich: «Willst du mit mir daran arbeiten?"

Sie wollte einen Roman über mein Leben und meine Erlebnisse schreiben. *War ich eine Heldin? Was war ich?* Ich war nur ein Mensch, der die Abgründe des Leidens gesehen und durchlebt hatte. *Wie konnte ich die Hauptfigur sein?* Ich schaute mit einem traurigen Lächeln in den Raum und weinte. Aber ich habe Folgendes gelernt: **Plötzlich tritt so ein Mensch in dein Leben, der dich jedes Mal, wenn du sprichst, wieder zum Leben erweckt.** Und dann merkst du, dass du der Protagonist deines Lebens bist. Diese Frau, diese türkische Schriftstellerin, hat mir die Behandlung gezeigt, die ich im Krankenhaus nicht bekommen habe. Sie hat mir das Sprechen beigebracht. **Mit jedem Wort, das aus meinem Mund kam, gab sie mir mein Leben zurück.** Das Leben, von dem ich glaubte, es nicht zu haben. Ich war in so vielen Therapiesitzungen gewesen, aber das war nichts im Vergleich zu ihr. Diese Frau machte mich zur Heldin meines eigenen Lebens.

Jetzt war alles bereit, wir hatten unsere Koffer gepackt. Noch zwei Tage, dann ging es zurück in die Türkei. Bevor wir in das Flugzeug stiegen, kam sie wie eine eilige Frau. **Sie gab mir ein Tonbandgerät und leere Kassetten. Natürlich gab sie mir auch ihre Telefonnummer. Sie sagte, wir würden in Kontakt bleiben und bat uns, sie nach unserer Ankunft in der Türkei zu kontaktieren.** An diesem Tag sprachen wir über das Programm und darüber, wie wir über diese Entfernung hinweg zusammenarbeiten würden. Ich war sehr glücklich. **Obwohl ich eine Lebensgeschichte hatte, die mich zum Weinen brachte, war ich glücklich, als ich über meine gegenwärtige Situation nachdachte.** Es war wirklich interessant! Es gibt Menschen, die kommen in dein Leben und reißen dein Innerstes heraus, sie machen dich nicht mehr du selbst. Auf der anderen Seite gibt es Menschen, die dich mit einem einzigen Wort reparieren und dir helfen, deine Teile wieder zusammenzusetzen. Während solche Menschen langsam in mein Leben treten, wünsche ich Ihnen, dass Sie sie in Ihrem Leben haben.

Sie sagte, ich solle meine Lebensgeschichte auf den Kassetten erzählen, wie ich wolle, sie behalten und in großer Zahl zurückgeben. Wir waren uns einig und verabschiedeten uns traurig voneinander.

Ich habe mein Zuhause verloren,
aber nicht meine Stimme.
Mit jedem Schritt auf fremdem Boden wächst
meine Hoffnung auf ein neues Morgen.

statt 1001 nacht – tausendundein tag

KAPITEL 20

Endlich hatten wir die Republik Türkei betreten. Aber wir hatten kein Dach über dem Kopf, keine Arbeit und keine Schule, in die wir gehen konnten. Im Flüchtlingslager hatte ich ein wenig Türkisch gelernt. Mit der Zeit würde ich mehr lernen und die türkische Sprache perfekt beherrschen. Es war ein großer Vorteil, dass meine Söhne noch klein waren. Sie konnten Türkisch sofort lernen und verstehen. Sie waren schon sehr intelligent und lasen gerne.

Als wir aus dem Flugzeug stiegen, suchten wir eine Wohnung, die wir mieten konnten, nicht in der Nähe des Flughafens, sondern etwas weiter weg. Dank ihnen sind die Türken sehr hilfsbereit und egal wen wir fragten, sie verweigerten nicht ihre Unterstützung und Hilfe. Jeder hat uns in einem anderen Bereich geholfen. **Noch am selben Tag fanden wir eine Mietwohnung, kauften den täglichen Bedarf an Essen und Trinken ein und richteten uns ein.** Auf der einen Seite aßen wir unser Essen, auf der anderen Seite schütteten wir aus, was wir vorhatten. Da wir wussten, dass Ruhe und Erholung unsere Bäuche nicht füllten, wurden wir sofort aktiv.

Als ich den Vermieter an der Tür traf, sagte ich ihm, dass wir eigentlich eine Mietwohnung suchten, in der wir dauerhaft bleiben könnten. **Da seine Frau dabei war, hießen sie uns willkommen.** Nachdem ich ihnen Getränke im Gästezimmer angeboten hatte, kamen wir ins Gespräch. Sie erzählten mir, dass sie das Haus vermieten könnten. Das Glück war auf unserer Seite. Ich war sehr glücklich. Ich sagte ihnen, dass ich arbeiten würde, sobald ich einen Job gefunden hätte, und dass sie sich keine Sorgen machen sollten. **Als ich ihnen sagte, dass ich nicht wüsste, wo ich meine Kinder zur Schule anmelden sollte, sagte sie: «Mach dir keine Sorgen. «Mach dir keine Sorgen. Wir kümmern uns um alles. Zuerst müssen Sie der Gemeinde sagen, dass Sie hier wohnen und sich und Ihre Kinder anmelden».** Natürlich habe ich das gemacht und es gab auch jemanden, der mir dabei geholfen hat. Man kann dem Staat nicht widersprechen, man kann den Staat nicht bekämpfen. Wenn ich in der Republik Türkei bleiben und leben wollte, musste ich mich an die Gesetze und Vorschriften halten. Ich habe versucht, alles zu erfüllen, was zu erfüllen war.

Ich hatte das Aufenthaltsverfahren abgeschlossen und wurde zum Ministerium für Nationale Bildung geschickt, um meine Söhne in der Schule anzumelden. Unsere Situation erlaubte es uns nicht zu warten, also habe ich mich sofort auf Arbeitssuche begeben. Ich würde jede Arbeit annehmen, egal welche. Alle unsere neuen Nachbarn waren uns näher als Blutsverwandte. **Jeder versuchte, uns zu helfen.** Ich kann ihnen nicht genug danken. Sie sind alle so warmherzig und freundlich! Auf ihren Gesichtern war immer ein Lächeln zu sehen. Natürlich liefen sie nicht nur lachend herum, aber sie haben uns ihr Lächeln nie vorenthalten.

Dank guter Menschen begannen wir unser neues Leben voller Kraft und Glück. Als ich mit meinen Söhnen im Bett lag, begannen wir zu reden. Ich fühlte mich so erfrischt, als würde ich dieses Gefühl zum ersten Mal erleben. **Je mehr ich redete, desto erleichterter, desto entspannter wurde ich.** Dieser Schmerz, diese schwere Last war von meinen Schultern gefallen. **Durch diesen Schmerz auf meinen Schultern habe ich gelernt, wie wichtig das Sprechen ist. Das Sprechen hat mich viel gelehrt.** Mein Rücken, den ich früher mit vier Krümmungen gehen musste, wurde von Tag zu Tag gerader. Tag für Tag begann ich, aufrecht zu gehen. Ich habe nichts verbrochen, also begann ich zu denken, *warum sollte ich den Kopf senken? Ich habe doch niemandem etwas getan,* so dass dieses Unbehagen wie eine schwere Last auf meinen Schultern lastet!

Ich öffnete die Kassetten und begann, meine Reden aufzunehmen. **Die Sprachaufnahmen halfen mir mehr als die Therapiesitzungen im Krankenhaus.** Ich war jetzt ein Ernährer. Ich konnte meine Kinder beschützen und für sie sorgen.

Übrigens, nachdem sich mein Leben wieder beruhigt hatte, gab ich Frau Nurgül meine Kontaktdaten. Ich erzählte ihr, dass ich mit den Aufnahmen begonnen hatte. Sie hat sich sehr darüber gefreut. **«Entspann dich, vernachlässige deine neue Aufbaustruktur nicht!»**, sagte sie. «Nein, nein!», sagte ich hastig und unterbrach sie. «Wenn du mir nicht gesagt hättest, dass ich reden soll, hätte ich mich heute vielleicht nicht so vielen Menschen öffnen können. Vielleicht hätte ich heute nicht so schnell eine Struktur aufbauen können.

Die türkischen Menschen um mich herum haben mich akzeptiert und in ihre Mitte genommen. Wenn meine Söhne unterwegs waren, haben meine Nachbarn auf sie aufgepasst, auch wenn ich es nicht getan habe.

Jeden Abend, nachdem ich meine Söhne ins Bett gebracht hatte, nahm ich das Tonbandgerät in die Hand und erzählte ohne Punkt und ohne Komma, was in mir vorging, bis ich einschlief. **Meinen Schmerz, meine Trauer, mich... Ich erzählte alles.**

Jetzt war ich am Ende meiner Geschichte und meiner Rede. Ich erzählte alles von Anfang bis Ende. Frau Nurgül war nach Ankara gekommen. Am Ende eines Tages, an dem wir viel geredet hatten, war sie gegangen und hatte die Kassetten mitgenommen.

Frau Nurgül sagte mir, dass von dem Moment an, als ich das Flüchtlingslager in der Türkei verließ und nach Deutschland reiste, bis zu meiner Rückkehr 1001/ Tausendundein Tag vergangen waren. Ja, sie hatte Recht. Ich habe die Tage nicht gezählt, aber ich glaube, es müssen so viele gewesen sein. Wie recht sie hatte. So orientalisch das auch klingen mag, in Wirklichkeit ist es das nicht so.

Statt 1001 Nacht - Tausendundein Tag!

Nurgül Sönmez

– Schriftstellerin –

Ein Kind, das den Krieg überlebt hat,
kennt den Wert von Schule,
Lesen, Büchern und Bildung.

ENDE

Matilda Türkçe

Savaşın İçinden Bir Kelebek

Sert Kapak - İnce Kapak - e-kitap

Matilda Deutsch

Ein Schmetterling inmitten des Krieges

Paperback - Hardcover - e-book

Matilda English

A butterfly through the war

Paperback - Hardcover - e-book

 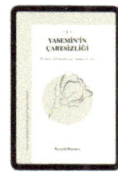

Yasemin'in Çaresizliği - 1 Türkçe

Binlerce Yasemin'den Bir Yasemin'in Sesi

Sert Kapak - İnce Kapak - e-kitap

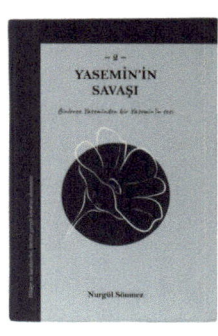 

Yasemin'in Savaşı - 2 Türkçe

Binlerce Yasemin'den Bir Yasemin'in Sesi

Sert Kapak - İnce Kapak - e-kitap

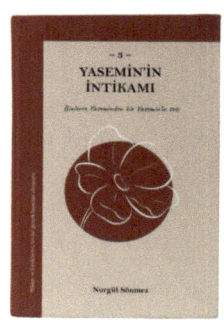 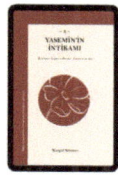

Yasemin'in İntikamı - 3 Türkçe

Binlerce Yasemin'den Bir Yasemin'in Sesi

Sert Kapak - İnce Kapak - e-kitap

Yasemins Verzweiflung - 1 Deutsch

Eine Stimme unter Tausenden

Paperback - Hardcover - e-book

Yasemins Kampf - 2 Deutsch

Eine Stimme unter Tausenden

Paperback - Hardcover - e-book

Yasemins Rache - 3 Deutsch

Eine Stimme unter Tausenden

Paperback - Hardcover - e-book

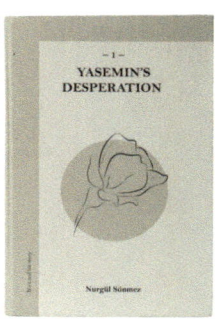

Yasemins Desperation - 1 English

One voice among thousands

Paperback - Hardcover - e-book

Yasemins Struggle - 2 English

One voice among thousands

Paperback - Hardcover - e-book

Yasemins Revenge - 3 English

One voice among thousands

Paperback - Hardcover - e-book

1001 Gece Yerine Bin Bir Gün Türkçe

"Özgürlüğe süzülen bir mülteci"

Sert Kapak - İnce Kapak - e-kitap

Statt 1001 Nacht - Tausendundein Tag Deutsch

"Weg in die Freiheit"

Paperback - Hardcover - e-book

Instead Of 1001 Night – One Thousand and One Day English

"A refugee soaring to freedom"

Paperback - Hardcover - e-book

Maarouf Türkçe

"Vatanı tarafından terk edilmiş bir adamın, inanılmaz öyküsü"

Sert Kapak - İnce Kapak - e-kitap

Maarouf Deutsch

"Ein Mann, der von seiner Heimat verlassen wurde"

Paperback - Hardcover - e-book

Maarouf English

"The incredible story of a man abandoned his homeland by force"

Paperback - Hardcover - e-book

@ nurgulsonmezofficial

Teklif ediyoruz:

Almanca, İngilizce, Fransızca ve Türkçe dillerinde
uzman edebi kitap çevirileri.

. *Editörlük*
- **Almanca, İngilizce, Fransızca, Türkçe**

. *Düzeltme*
- **Almanca, İngilizce, Fransızca, Türkçe**

Eserlerinizden çevirmekle
ilgileniyor musunuz?
O zaman lütfen bize bir
e-posta gönderin.

Nous offrons :

MERHABA

HALLO

Des traductions littéraires professionnelles
de livres en allemand, anglais, français et turc.

. *Lectorat*
- **Allemand, Anglais, Français, Turc**

. *Lecture de correction*
- **Allemand, Anglais, Français, Turc**

HELLO

[f] nurgulsonmez
[✉] ns.nurgulsonmez@gmail.com
[O] nurgulsonmezofficial

Nurgül Sönmez
- Schriftstellerin -

■ **Sunduğumuz hizmetler:**

Almanca, İngilizce, Fransızca ve Türkçe dillerinde uzman edebi kitap çevirileri.

• Editörlük - Almanca, İngilizce, Fransızca, Türkçe
• Düzeltme - Almanca, İngilizce, Fransızca, Türkçe

Siz de eser(ler)inizin çevirisini yapmak ve ek hizmetlerimizden (redaksiyon, düzenleme, kitap kapağı tasarımı, illüstrasyon & kitap dizgisi) yararlanmak istiyorsanız bize ulaşın.

▷ Talebinizi bize e-posta ile gönderebilirsiniz.

■ **Nous offrons:**

Des traductions littéraires professionnelle des livre en allemand, anglais, française et turc.

• Lectorat - Allemand, Anglais, Français, Turc
• Lecture de correction - Allemand, Anglais, Français, Turc

Vous êtes également intéressé par la traduction littéraire de votre ou vos œuvres et par le bénéfice de nos services complémentaires (relecture, correction, conception de couvertures de livres, illustration et composition de livres).

▷ Alors envoyez-nous votre demande par e-mail.

■ Wir bieten:

In den Sprachen Deutsch, Englisch, Türkisch und Französisch fachgerechte literarische Buchübersetzung an. Zusätzlich;

- Lektorat - Deutsch, Englisch, Türkisch, Französisch
- Korrekturlesen - Deutsch, Englisch, Türkisch, Französisch

Sie haben auch Interesse Ihr Werk oder Ihre Werke literarisch zu Übersetzen und von unseren zusätzlichen Dienstleistungen zu profitieren (Lektorat, Korrekturlesen, Buchcover Design, Illustration & Buchsatz).

Dann schicken Sie uns Ihre Anfrage per Email.

■ We offer:

Professional literary book translation in German, English, Turkish and French.

- Editing - German, English, Turkish, French
- Droofreading - German, English, Turkish, French

You are also interested in literary translation of your work(s) and benefit from our additional services (Editing, droofreading, book cover design, illustration & book typesetting).

Then send us your request by email.